周作人作品精選6

周作人

經典新版

自己的園地

周作人——著

總序

文學星座中，璀璨不亞於魯迅的周作人

朱墨菲

每個時代都會有特別具有代表性、令人們特別懷想的人物，在新文學領域，周作人無疑就是其中一個。身為大文豪魯迅之弟，兩兄弟在文壇可說是各領風騷，各自綻放著不同的光芒。

作為五四新文化運動的一員，周作人在中國文學上的影響力絕對具有舉足輕重的地位，時值新舊文化交替之際，面對西方思潮的來襲，多數讀書人或抱殘守缺，或媚外崇洋，在劇烈的文化衝擊中，許多受過西方教育的學子如胡適、錢玄同、蔡元培、林語堂等，紛紛投入這股新文化浪潮中。

周作人脫穎而出，被譽為是「五四」以降最負盛名的散文及文學翻譯家，他以「對性靈的表達乃為言志」的理念，創造了獨樹一格的寫作風格，充滿靈性，看似平凡卻處處透著玄妙的人生韻味，清新的文風立即風靡一時，更迅速形成一大流派「言志派」，在中國文學史上留下了不可抹滅的一筆。郁達夫曾說：「中國現代散文的成績，以魯迅、周作人兩人的為最豐富最偉大，我平時的偏嗜，亦以此二人的散文為最所溺愛。一經開選，如竊賊入了阿拉伯的寶庫，東張西望，簡直迷了我取去的判斷。」陳之藩是散文大師，他特地強調胡適晚年不止一次跟他說：「到現在值得一看的，只有周作人的東西了。」可見周作人散文之優美意境。

處在動盪年代的周作人，亦可說是時代的見證人，年少時赴日求學，精通日語，讓他對日本文化有深刻的觀察，而後又親身經歷了中國近代史上諸多重要歷史事件，如鑑湖女俠秋瑾、徐錫麟等的革命活動、辛亥革命、張勳復辟等，他一生的形跡記錄即是重要史料，從他的《知堂回想錄》書中即可探知一二。而他晚年撰寫的《魯迅的故家》、《魯迅的青年時代》等回憶文章，更為研究魯迅的讀者提供了許多寶貴的第一手資料。

對世人來說，周作人也許不是個討喜的人，因為他從來都不是隨俗附和的人，他只說自己想說的話，一生奉行的就是孔子所強調的「知之為知之，不知為不知，是知也」的理念，這使他的文章中充滿了濃濃的自由主義，並形成他日後以「人的文學」為概念，跳脫傳統窠臼，更自號「知堂」之故。在《知堂回想錄》的後序中，周作人自陳：「我是一個庸人，就是極普通的中國人，並不是什麼文人學士，只因偶然的關係，活得長了，見聞也就多了些，譬如一個旅人，走了許多路程，經歷可以談談，有人說『講你的故事罷』，也就講些，也都是平凡的事情和道理。」

也許，在諸多文豪的光環下，在世人傳說的紛擾下，他的文學地位一度有明珠蒙塵之虞，本社因而在他去世五十年之際，特將他的文集重新整理出版，包括他最知名的回憶錄《知堂回想錄》以及散文集《自己的園地》、《雨天的書》、《談龍集》、《談虎集》、《看雲集》、《苦茶隨筆》等，使讀者從他的著作中可以更加了解一代文學巨匠的內心世界，品味他的文字之美。

自己的園地

目錄——

第一卷　自己的園地

第二卷 綠州

自己的園地

目錄——

小引

《自己的園地》原係一九二三年所編成，內含「自己的園地」十八篇，「綠洲」十五篇，雜文二十篇。今重加編訂，留存「自己的園地」及「綠洲」這兩部分，將雜文完全除去，加上「茶話」二十三篇，共計五十六篇，仍總稱「自己的園地」。插畫五頁，除「小妖與鞋匠」係舊圖外，其餘均係新換。原有雜文中，有五篇已編入《雨天的書》，尚有擬留的五篇當收入《談虎集》內。

一九二七年二月一日，周作人記。

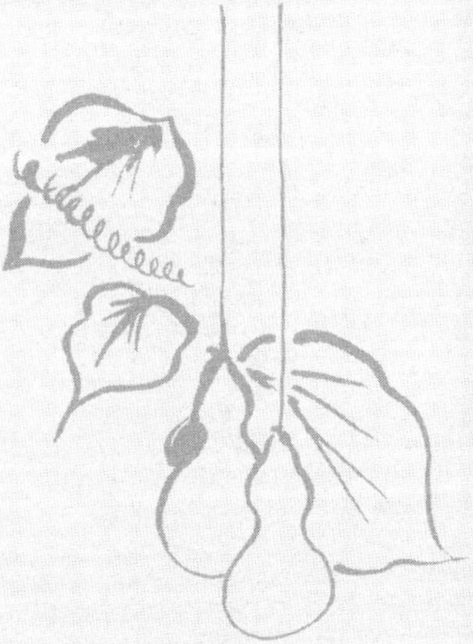

第一卷 自己的園地

一九二二年一月至十月

自己的園地

一百五十年前，法國的福祿特爾做了一本小說《亢迭特》（Candide），敘述人世的苦難，嘲笑「全舌博士」的樂天哲學。亢迭特與他的老師全舌博士經了許多憂患，終於在土耳其的一角裡住下，種園過活，才能得到安住。亢迭特對於全舌博士的始終不渝的樂天說，下結論道，「這些都是很好，但我們還不如去耕種自己的園地。」這句格言現在已經是「膾炙人口」，意思也很明白，不必再等我下什麼注腳。但是我現在把他抄來，卻有一點別的意義。所謂自己的園地，本來是範圍很寬，並不限定於某一種：種果蔬也罷，種藥材也罷，——種薔薇地丁也罷，只要本了他個人的自覺，在他認定的不論大小的地面上，應了力量去耕種，便都是盡了他的天職了。

在這平淡無奇的說話中間，我所想要特地申明的，只是在於種薔薇地丁也是耕種我們自己的園地，與種果蔬藥材，雖是種類不同而有同一的價值。

我們自己的園地是文藝，這是要在先聲明的。我並非厭薄別種活動而不屑為，——我平常承認各種活動於生活都是必要；實在是小半由於沒有這樣的材能，大半由於缺少這樣的趣味，所以不得不在這中間定一個去就。

但我對於這個選擇並不後悔，並不慚愧地面的小與出產的薄弱而且似乎無用。依了自己的心的傾向，去種薔薇地丁，這是尊重個性的正當辦法，即使如別人所說各人果真應報社會的恩，我也相信已經報答了，因為社會不但需要果蔬藥材，卻也一樣迫切的需要薔薇與地丁，——如有蔑視這些的社會，那便是白癡的，只有形體而沒有精神生活的社會，我們沒有去顧視他的必要。

倘若用了什麼名義，強迫人犧牲了個性去侍奉白癡的社會，——美其名曰迎合社會心理，——那簡直與借了倫常之名強人忠君，借了國家之名強人戰爭一樣的不合理了。

有人說道，據你所說，那麼你所主張的文藝，一定是人生派的藝術了。泛稱人生派的藝術，我當然是沒有什麼反對，但是普通所謂人生派是主張「為人生的藝術」的，對於這個我卻有一點意見。

「為藝術的藝術」將藝術與人生分離，並且將人生附屬於藝術，至於如王爾德的提倡人生之藝術化，固然不很妥當；「為人生的藝術」以藝術附屬於人生，將藝術當作改造生活的工具而非終極，也何嘗不把藝術與人生分離呢？

我以為藝術當然是人生的，因為他本是我們感情生活的表現，叫他怎能與人生分離？「為人生」——於人生有實利，當然也是藝術本有的一種作用，但並非唯一的職務。總之，藝術是獨立的，卻又原來是人性的，所以既不必使他隔離人生，又不必使他服侍人生，只任他成為渾然的人生的藝術便好了。

「為藝術」派以個人為藝術的工匠，「為人生」派以藝術為人生的僕役；現在卻以個人為主人，表現情思而成藝術，即為其生活之一部，初不為福利他人而作，而他人接觸這藝術，得到一種共鳴與感興，使其精神生活充實而豐富，又即以為實生活的基本；這是人生的藝術的要點，有獨立的藝術美與無形的功利。

我所說的薔薇地丁的種作，便是如此：有些人種花聊以消遣，有些人種花志在賣錢，真種花者以種花為其生活，——而花亦未嘗不美，未嘗於人無益。

文藝上的寬容

英國伯利（Bury）教授著《思想自由史》第四章上有幾句話道，「新派對於〔羅馬〕教會的反叛之理智上的根據，是私人判斷的權利，便是宗教自由的要義。但是那改革家只對於他們自己這樣主張，而且一到他們將自己的信條造成了之後，又將這主張取消了。」這個情形不但在宗教上是如此，每逢文藝上一種新派起來的時候，必定有許多人，——自己是前一次革命成功的英雄，拿了批評上的許多大道理，來堵塞新潮流的進行。

我們在文藝的歷史上看見這種情形的反覆出現，不免要笑，覺得聰明的批評家之稀有，實不下於創作的天才。主張自己的判斷的權利而不承認他人中的自我，為一切不寬容的原因，文學家過於尊信自己的流別，以為是唯一的「道」，至於蔑視別派為異端，雖然也無足怪，然而與文藝的本性實在很相違背了。

文藝以自己表現為主體，以感染他人為作用，是個人的而亦為人類的，所以文藝的條件是自己表現，其餘思想與技術上的派別都在其次，——是研究的人便宜上的分類，不是文藝本質上判分優劣的標準。各人的個性既然是各各不同（雖然在終極仍有相同之一點，即是人性），那麼表現出來的文藝，當然是不相同。

現在倘若拿了批評上的大道理要去強迫統一，即使這不可能的事情居然實現了，這樣文藝作品已經失了他唯一的條件，其實不能成為文藝了。因為文藝的生命是自由不是平等，是分離不是合併，所以寬容是文藝發達的必要的條件。

然而寬容決不是忍受。不濫用權威去阻遏他人的自由發展是寬容，任憑權威來阻遏自己的自由發展而不反抗是忍受。正當的規則是，當自己求自由發展時對於迫壓的勢力，不應取忍受的態度；當自己成了已成勢力之後，對於他人的自由發展，不可不取寬容的態度。

聰明的批評家自己不妨屬於已成勢力的一分子，但同時應有對於新興潮流的理解與承認。他的批評是印象的鑑賞，不是法理的判決，是詩人的而非學者的批評。文學固然可以成為科學的研究，但只是已往事實的綜合與分析，不能作為未來的無限發展的軌範。

文藝上的激變不是破壞（文藝的）法律，乃是增加條文，譬如無韻詩的提倡，似乎是破壞了「詩必須有韻」的法令，其實他只是改定了舊時狹隘的範圍，將他放大，以為「詩可以無韻」罷了。表示生命之顫動的文學，當然沒有不變的科律；歷代的文藝在他自己的時代都是一代的成就，在全體上只是一個過程；要問文藝到什麼程度是大成了，那猶如問文化怎樣是極頂一樣，都是不能回答的事，因為進化是沒有止境的。

許多人錯把全體的一過程認做永久的完成，所以才有那些無聊的爭執，其實只是自擾，何不將這白費的力氣去做正當的事，走自己的路程呢。

近來有一群守舊的新學者，常拿了新文學家的「發揮個性，注重創造」的話做擋牌，以為他們不應該「而對於為文言者仇讎視之」；這意思似乎和我所說的寬容有點相像。但其實是全不相干的。寬容者對於過去的文藝固然予以相當的承認與尊重，但是無所用其寬容，因為這種文藝已經過去了，不是現在勢力所能干涉，便再沒有寬容的問題了。

所謂寬容乃是說已成勢力對於新興流派的態度，正如壯年人的聽任青年的活動；其重要的根據，在於活動變化是生命的本質，無論流派怎麼不同，但其發展個性注重創造，同是人生的文學的方向，現象上或是反抗，在全體上實是繼續，所以應該寬容，聽其自由發育。

若是「為文言」或擬古（無論擬古典或擬傳奇派）的人們，既然不是新興的更進一步的流派，當然不在寬容之列。——這句話或者有點語病，當然不是說可以「仇讎視之」，不過說用不著人家的寬容罷了。他們遵守過去的權威的人，背後得有大多數人的擁護，還怕誰去迫害他們呢。老實說，在中國現在文藝界上寬容舊派還不成為問題，倒是新派究竟已否成為勢力，應否忍受舊派的迫壓，卻是未可疏忽的一個問題。

臨末還有一句附加的說明，舊派的不在寬容之列的理由，是他們不合發展個性的條件。服從權威正是把個性汩沒了，還發展什麼來。新古典派——並非英國十八世紀的——與新傳奇派，是融和而非模擬，所以仍是有個性的。至於現代的古文派，卻只有一個擬古的通性罷了。

國粹與歐化

在《學衡》上的一篇文章裡，梅光迪君說，「實則模仿西人與模仿古人，其所模仿者不同，其為奴隸則一也。況彼等模仿西人，僅得糟粕，國人之模仿古人者，時多得其神髓乎。」我因此引起一種對於模仿與影響，國粹與歐化問題的感想。

梅君以為模仿都是奴隸，但模仿而能得其神髓，也是可取的。我的意見則以為模仿都是奴隸，但影響卻是可以的；國粹只是趣味的遺傳，無所用其模仿，歐化是一種外緣，可以儘量的容受他的影響，當然不以模仿了事。

倘若國粹這一個字，不是單指那選學桐城的文章和綱常名教的思想，卻包括國民性的全部，那麼我所假定遺傳這一個釋名，覺得還沒有什麼不妥。我們主張尊重各人的個性，對於個性的綜合的國民性自然一樣尊重，而且很希望其在文藝上能夠發展起來，造成有生命的國民文學。

但是我們的尊重與希望無論怎樣的深厚，也只能以聽其自然長發為止，用不著多事的幫助，正如一顆小小的稻或麥的種子，裡邊原自含有長成一株稻或麥的能力，所需要的只是自然的養護，倘加以宋人的揠苗助長，便反不免要使他「則苗槁矣」了。我相信凡是受過教育的中國人，以不模仿什麼人為唯一的條件，聽憑他自發的用任何種的文字，寫任何種的思想，他的結果仍是一篇「中國的」文藝作品，有他的特殊的個性與共通的國民性相並存在，雖然這上邊可以有許多外來的影響。

這樣的國粹直沁進在我們的腦神經裡，用不著保存，自然永久存在，也本不會消滅的；他只有一個敵人，便是「模仿」。模仿者成了人家的奴隸，只有主人的命令，更無自己的意志，於是國粹便跟了自性死了。好古家卻以為保守國粹在於模仿古人，豈不是自相矛盾麼？他們的錯誤，由於以選學桐城的文章，綱常名教的思想為國粹，因為這些都是一時的現象，不能永久的自然的附著於人心，所以要勉強的保存，便不得不以模仿為唯一的手段，奉模仿古人而能得其神髓者為文學正宗了。

其實既然是模仿了，決不會再有「得其神髓」這一回事；創作的古人自有他的神髓，但模仿者的所得卻只有皮毛，便是所謂糟粕。奴隸無論怎樣的遵守主人的話，終於是一個奴隸而非主人；主人的神髓在於自主，而奴隸的本分在於服從，叫他怎樣的去得呢？他想做主人，除了從不做奴隸入手以外，再沒有別的方法了。

我們反對模仿古人，同時也就反對模仿西人；所反對的是一切的模仿，並不是有中外古今的區別與成見。模仿杜少陵或太戈爾，模仿蘇東坡或胡適之，都不是我們所贊成的，但是受他們的影響是可以的，也是有益的，這便是我對於歐化問題的態度。

我們歡迎歐化是喜得有一種新空氣，可以供我們的享用，造成新的活力，並不是注射到血管裡去，就替代血液之用。向來有一種鄉愿的調和說，主張中學為體西學為用，或者有人要疑我的反對模仿歡迎影響說和他有點相似，但其間有這一個差異：他們有一種國粹優勝的偏見，只在這條件之上才容納若干無傷大體的改革，我卻以遺傳的國民性為素地，盡他本質上的可能的量去承受各方面的影響，使其融和沁透，合為一體，連續變化下去，造成一個永久而常新的國民性，正如人的遺傳之逐代增入異分子而不失其根本的性格。

譬如國語問題，在主張中學為體西學為用者的意見，大抵以廢棄周秦古文而用今日之古文為最大的讓步了；我的主張則就單音的漢字的本性上盡最大可能的限度，容納「歐化」，增加他表現的力量，卻也不強他所不能做到的事情。

照這樣看來，現在各派的國語改革運動都是在正軌上走著，或者還可以逼緊一步，只不必到「三株們的紅們的牡丹花們」的地步；曲折語的語尾變化雖然是極便利，但在漢文的能力之外了。我們一面不贊成現代人的做駢文律詩，但也並不忽視國語中字義聲音兩重的對偶的可能性，覺得駢律的發達正是運命的必然，非全由於人為，所以國語文學的趨勢雖然向著自由的發展，而這個自然的傾向也大可以利用，煉成音樂與色彩的言語，只要不以詞害意就好了。

總之我覺得國粹歐化之爭是無用的；人不能改變本性，也不能拒絕外緣，到底非大膽的是認兩面不可。倘若偏執一面，以為徹底，有如兩個學者，一說詩也有本能，一說要「取消本能」，大家高論一番，聊以快意，其實有什麼用呢？

貴族的與平民的

關於文藝上貴族的與平民的精神這個問題，已經有許多人討論過，大都以為平民的最好，貴族的是全壞的。我自己以前也是這樣想，現在卻覺得有點懷疑。變動而相連續的文藝，是否可以這樣截然的劃分；或者拿來代表一時代的趨勢，未嘗不可，但是可以這樣顯然的判出優劣麼？我想這不免有點不妥，因為我們離開了實際的社會問題，只就文藝上說，貴族的與平民的精神，都是人的表現，不能指定誰是誰非，正如規律的普遍的古典精神與自由的特殊的傳奇精神，雖似相反而實並存，沒有消滅的時候。

人家說近代文學是平民的，十九世紀以前的文學是貴族的，雖然也是事實，但未免有點皮相。在文藝不能維持生活的時代，固然只有那些貴族或中產階級才能去弄文學，但是推上去到了古代，卻見文藝的初期又是平民的了。

我們看見史詩的歌詠神人英雄的事蹟，容易誤解以為「歌功頌德」，是貴族文學的濫觴，其實他正是平民的文學的真鼎呢。所以拿了社會階級上的貴族與平民這兩個稱號，照著本義移用到文學上來，想劃分兩種階級的作品，當然是不可能的事。即使如我先前在《平民的文學》一篇文裡，用普遍與真摯兩個條件，去做區分平民的與貴族的文學的標準，也覺得不很妥當。

我覺得古代的貴族文學裡並不缺乏真摯的作品，而真摯的作品便自有普遍的可能性，不論思想與形式的如何。我現在的意見，以為在文藝上可以假定有貴族的與平民的這兩種精神，但只是對於人生的兩樣態度，是人類共通的，並不專屬於某一階級，雖然他的分布最初與經濟狀況有關，——這便是兩個名稱的來源。

平民的精神可以說是淑本好耳所說的求生意志，貴族的精神便是尼采所說的求勝意志了。前者是要求有限的平凡的存在，後者是要求無限的超越的發展；前者完全是入世的，後者卻幾乎有點出世的了。這些渺茫的話，我們倘引中國文學的例，略略比較，就可以得到具體的釋解。中國漢晉六朝的詩歌，大家承認是貴族文學，元代的戲劇是平民文學。兩者的差異，不僅在於一是用古文所寫，一是用白話所寫，也不在於一是士大夫所作，一是無名的人所作，乃是在於兩者的人生觀的不同。

我們倘以歷史的眼光看去，覺得這是國語文學發達的正軌，但是我們將這兩者比較的讀去，總覺得對於後者有一種漠然的不滿足。這當然是因個人的氣質而異，但我同我的朋友疑古君談及，他也是這樣感想。我們所不滿足的，是這一代裡平民文學的思想，太是現世的利祿的了，沒有超越現代的精神；他們是認人生，只是太樂天了，就是對於現狀太滿意了。

貴族階級在社會上憑藉了自己的特殊權利，世間一切可能的幸福都得享受，更沒有什麼歆羨與留戀，因此引起一種超越的追求，在詩歌上的隱逸神仙的思想即是這樣精神的表現。至於平民，於人們應得的生活的悅樂還不能得到，他的理想自然是限於這可望而不可即的貴族生活，此外更沒有別的希冀，所以在文學上表現出來的是那些功名妻妾的團圓思想了。

我並不想因此來判分那兩種精神的優劣，因為求生意志原是人性的，只是這一種意志不能包括人生的全體，卻也是自明的事實。

我不相信某一時代的某一傾向可以做文藝上永久的模範，但我相信真正的文學發達的時代必須多少含有貴族的精神。求生意志固然是生活的根據，但如沒有求勝意志叫人努力的去求「全而善美」的生活，則適應的生存容易是退化的而非進化的了。

人們讚美文藝上的平民的精神，卻竭力的反對舊劇，其實舊劇正是平民文學的極峰，只因他的缺點太顯露了，所以遭大家的攻擊。貴族的精神走進岐路，要變成威廉第二的態度，當然也應該注意。

我想文藝當以平民的精神為基調，再加以貴族的洗禮，這才能夠造成真正的人的文學。倘若把社會上一時的階級爭鬥硬移到藝術上來，要實行勞農專政，他的結果一定與經濟政治上的相反，是一種退化的現象，舊劇就是他的一個影子。從文藝上說來，最好的事是平民的貴族化，——凡人的超人化，因為凡人如不想化為超人，便要化為末人了。

詩的效用

在《詩》第一號裡讀到俞平伯君的《詩底進化的還原論》，對於他的「好的詩底效用是能深刻地感多數人向善的」這個定義，略有懷疑的地方，現在分作三項，將我的意見寫了出來。

第一，詩的效用，我以為是難以計算的。文藝的問題固然是可以用了社會學的眼光去研究，但不能以此作為唯一的定論。我始終承認文學是個人的，但因「他能叫出人人所要說而苦於說不出的話」，所以我又說即是人類的。然而在他說的時候，只是主觀的叫出他自己所要說的話，並不是客觀的去體察了大眾的心情，意識的替他們做通事，這也是真確的事實。

我曾同一個朋友說過，詩的創造是一種非意識的衝動，幾乎是生理上的需要，彷彿是性欲一般；這在當時雖然只是戲語，實在也頗有道理。個人將所感受的表現出來，即是達到了目的，有了他的效用，此外功利的批評，說他耗廢無數的金錢精力時間，得不償失，都是不相干的話。

在個人的戀愛生活裡，常有不惜供獻大的犧牲的人，我們不能去質問他的在社會上的效用；在文藝上也是一樣。真的藝術家本了他的本性與外緣的總合，誠實的表現他的情思，自然的成為有價值的文藝，便是他的效用。

功利的批評也有一面的理由，但是過於重視藝術的社會的意義，忽略原來的文藝的性質，他雖聲言叫文學家做指導社會的先驅者，實際上容易驅使他們去做侍奉民眾的樂人，這是較量文學在人生上的效用的人所最應注意的地方了。

第二，「感人向善是詩底第二條件」，這善字似乎還有可商的餘地，因為他的概念也是游移惝恍，沒有標準，正如托爾斯泰所攻擊的美一樣。將他解作現代通行的道德觀念裡的所謂善，這只是不合理的社會上的一時的習慣，決不能當做判斷藝術價值的標準，現在更不必多說也已明白了。

倘若指那不分利己利人，於個體種族都是幸福的，如克魯泡特金所說的道德，當然是很對的了，但是「全而善美」的生活範圍很廣，除了真正的不道德文學以外，一切的文藝作品差不多都在這範圍裡邊，因為據克魯泡特金的說法，只有資本主義迷信等等幾件妨害人的生活的東西是惡，所以凡非是詠歎這些惡的文藝便都不是惡的花。

托爾斯泰所反對的波特來耳的《惡之華》因此也不能不說是向善的，批評家說他是想走逆路去求自己的得救，正是很確當的話。他吃印度大麻去造「人工的樂園」，在紳士們看來是一件怪僻醜陋的行為，但他的尋求超現世的樂土的欲望，卻要比紳士們的飽滿的樂天主義更為人性的，更為善的了。

這樣看來，向善的即是人的，不向善的即是非人的文學：這也是一種說法，但是字面上似乎還可修改，因為善字的意義不定，容易誤會，以為文學必須勸人為善，像《明聖經》《陰騭文》一般才行，——豈知這些講名分功過的「善書」裡，多含著不向善的吃人思想的分子，最容易使人陷到非人的生活裡去呢？

第三，托爾斯泰論藝術的價值，是以能懂的人的多少為標準，克魯泡特金對於他的主張，加以批評道，「各種藝術都有一種特用的表現法，這便是將作者的感情感染與別人的方法，所以要想懂得他，須有相當的一番訓練。即使是最簡單的藝術品，要正當的理解他，也非經過若干習練不可。托爾斯泰把這事忽略了，似乎不很妥當，他的普遍理解的標準也不免有點牽強了。」

這一節話很有道理。雖然托爾斯泰在《藝術論》裡引了多數的人明白聖經上的故事等等的例，來證明他們也一定能夠瞭解藝術的高尚作品，其實是不盡然的。聖經上的故事誠然是藝術的高尚作品，但是大多數的人是否真能藝術的瞭解賞鑑，不免是個疑問。

我們參照中國人讀經書的實例，推測基督教國的民眾的讀聖經，恐怕他的結果也只在文句之末，即使感受到若干印象，也為教條的傳統所拘，仍舊貌似而神非了。譬如中國的《詩經》，凡是「讀書人」無不讀過一遍，自己以為明白了，但真是知道《關雎》這一篇是什麼詩的人，一千人裡還不曉得有沒有一個呢。

說到民謠，流行的範圍更廣，似乎是很被賞識了，其實也還是可疑。我雖然未曾詳細研究，不能斷定，總覺得中國小調的流行，是音樂的而非文學的，換一句話說即是以音調為重而意義為輕。《十八摸》是中國現代最大民謠之一，但其魅人的力似在「嗳嗳嚇」的聲調而非在肉體美的讚歎，否則那種描畫應當更為精密，——那倒又有可取了。

中國人的愛好諧調真是奇異的事實；大多數的喜聽舊戲而厭看新劇，便是一個好例，在詩文界內也全然相同。常見文理不通的人雖然古文白話一樣的不懂，卻總是喜讀古文，反對白話，當初頗以為奇，現在才明白這個道理：念古文還有聲調可以悅耳，看白話則意義與聲調一無所得，所以興味索然。

文藝作品的作用當然不只是悅耳，所以經過他們的鑑定，不能就判定他的感染的力量。即使更進一層，多數的人真能瞭解意義，也不能以多數決的方法來下文藝的判決。君師的統一思想，定於一尊，固然應該反對；民眾的統一思想，定於一尊，也是應該反對的。在不背於營求全而善美的生活之道德的範圍內，思想與行動不妨各各自由與分離。

文學家雖希望民眾能瞭解自己的藝術，卻不必強將自己的藝術去遷就民眾，因為據我的意見，文藝本是著者感情生活的表現，感人乃其自然的效用，現在倘若捨己從人，去求大多數的瞭解，結果最好也只是「通俗文學」的標本，不是他真的自己的表現了。

古文學

研究本國的古文學，不是國民的義務，乃是國民的權利。藝術上的造詣，本來要有天才做基礎，但是思想與技工的涵養也很重要，前人的經驗與積貯便是他必要的材料。

我的一個朋友近來從西京寫信來說道，「……歎息前人給我們留下了無數的綾羅綢緞，只沒有剪製成衣，此時正應該利用他，下一番裁縫工夫，莫只作那裂帛撕扇的快意事。蔑視經驗，是我們的愚陋；抹殺前人，是我們的罪過。」實在很是確當。這前人的經驗與積貯當然並不限於本國，只是在研究的便宜上，外國的文學因為言語及資料的關係，直接的研究較為困難，所以利用了自己國語的知識進去研究古代的文學，涵養創作力或鑒賞文藝的趣味，是最上算的事，這正是國民所享的一種權利了。

我們既然認定研究古文學為權利而非義務，所以沒有服從傳統的必要。我們讀古代文學，最妨礙我們的享樂，使我們失了正解或者墮入魔道的，是歷來那些「業儒」的人的解說，正如玉帛鐘鼓本是正當的禮樂，他們卻要另外加上一個名分的意義一般，於是在一切敘事抒情的詩文上也到處加了一層綱常名教的塗飾。

「關關雎鳩」原是好好的一首戀愛詩，他們卻說這是「后妃之德也，風之始也，所以風天下而正夫婦也」。「南有樛木」也是結婚歌，卻說是「后妃逮下也，言能逮下而無嫉妒之心也」。經了這樣的一番解說，那儒業者所崇拜的多妻主義似乎得了一重擁護，但是已經把詩的真意完全抹殺，倘若不是我們將他訂正，這兩篇詩的真價便不會出現了。

希伯來的《雅歌》以前也被收入猶太教以及基督教的聖經裡，說是歌詠靈魂與神之愛的，現在早已改正，大家承認他作一卷結婚歌集了。我們若是將《詩經》舊說訂正，把國風當作一部古代民謠去讀，於現在的歌謠研究或新詩創作上一定很有效用，這是可以斷言的。

中國歷代的詩未嘗不受《詩經》的影響，只因有傳統關係，仍舊囚在「美刺」的束縛裡，那正與小說的講勸懲相同，完全成了名教的奴隸了。還有些人將忠君愛國當做評詩的標準，對於《古詩十九首》，覺得他們與這標準有點不合，卻又捨不得摒棄，於是奇想天開，將這些詩都解做「思君之作」。

這自然都是假的，——並非因為我們憎惡君主政治所以反對他們，實在因為這解說是不合事理的。世上有君主叫臣下替他盡忠的事實，但在文學上講來，那些忠愛的詩文（如果顯然是屬於這一類的東西），倘若不是故意的欺人，便是非意識的自欺，不能說是真的文藝。中國文藝上傳統的主張，正是這虛憍的「為名教的藝術」；這個主張倘不先行打破，冒冒失失的研究古代文學，非但得不到好處，而且還要上當，走入迷途，這是不可不用心警戒的事。

古文學的研究，於現代文藝的形式上也有重大的利益。雖然現在詩文著作都用語體文，異於所謂古文了，但終是同一來源，其表現力之優劣在根本上總是一致，所以就古文學裡去查考前人的經驗，在創作的體裁上可以得到不少的幫助。譬如討論無韻詩的這個問題，我們倘若參照歷來韻文的成績，自國風以至小調，——民眾文學雖然多是新作，但其傳襲的格調源流甚古，——可以知道中國言文的有韻詩的成績及其所能變化的種種形式；以後新作的東西，縱使思想有點不同，只要一用韻，格調便都逃不出這個範圍。

試看幾年來的有韻新詩，有的是「白話唐詩」，有的是詞曲，有的是——小調，而且那舊詩裡最不幸的「掛腳韻」與「趁韻」也常常出現了。那些不葉韻的，雖然也有種種缺點，倒還不失為一種新體——有新生活的詩，因為他只重在「自然的音節」，所以能夠寫得較為真切。

這無尾韻而有內面的諧律的詩的好例，在時調俗歌裡常能得到。我們因此可以悟出做白話詩的兩條路，一是不必押韻的新體詩，一是押韻的「白話唐詩」以至小調。這是一般的說法，至於有大才力能做有韻的新詩的人，當然是可以自由去做，但以不要像「白話唐詩」以至小調為條件。

有才力能做舊詩的人，我以為也可以自由去做，但也仍以不要像李杜蘇黃或任何人為條件。只有古文還未通順的人，不必去讚歎舊詩，更不配去做了。——然而現在偏是文理不通的人愈喜歡做古文做舊詩，這真可以說是「自然的嘲弄」了。

文藝的統一

在《文學旬刊》第四十一期雜談上見到鄭振鐸君的一節話，很有意思。他說：「鼓吹血和淚的文學，不是便叫一切的作家都棄了他素來的主義，齊向這方面努力；也不是便以為除了血和淚的作品以外，更沒有別的好文學。文學是情緒的作品。我們不能強歡樂的人哭泣，正如不能叫那些哭泣的人強為歡笑。」

許華天君在《學燈》上《創作底自由》一篇文章裡，也曾有幾句話說得很好：「我想文學的世界裡，應當絕對自由。有情感忍不住了須發洩時，就自然給他發洩出來罷了。千萬不用有人來特別制定一個樊籬，應當個個作者都須在樊籬內寫作。在我們看起來，現世是萬分悲哀的了；但也說不定有些睡在情人膝頭的人，全未覺得呢？你就不准他自由創作情愛的詩歌麼？推而極之，我們想要哭時，就自由的哭罷；有人想要笑時，就自由的笑罷。誰在文學的世界上，規定只准有哭的作品而不准有笑的作品呢？」

以上所說的話都很確當，足以表明文藝上統一的不應有與不可能，但是世間有一派評論家，憑了社會或人類之名，建立社會文學的正宗，無形中厲行一種統一。在創始的人，如居友，別林斯奇，托爾斯泰等，原也自成一家言，有相當的價值，到得後來卻正如凡有的統一派一般，不免有許多流弊了。

近來在《平民》第一百九期上見到馬慶川君的《文學家底愉快與苦悶》，他的論旨現在沒有關係可以不必討論，其中有一節話卻很可以代表這一派的極端的論調。他說：

「……若不能感受這種普遍的苦悶，安慰普遍的精神，只在自己底抑鬱牢騷上做工夫，那就空無所有。因為他所感受的苦悶，是自己個人底境遇；他所得到的愉快，也是自己個人底安慰，全然與人生無涉。換句話說，他所表現的不過是著者個人底榮枯，不是人類公同的感情。」

這一節裡的要點是極端的注重人類共同的感情而輕視自己個人的感情，以為與人生無涉。「其實人類或社會本來是個人的總體，抽去了個人便空洞無物，個人也只在社會中才能安全的生活，離開了社會便難以存在，所以個人外的社會和社會外的個人都是不可想像的東西」，至於在各個人的生活之外去找別的整個的人生，其困難也正是一樣。

文學是情緒的作品，而著者所能最切迫的感到者又只有自己的情緒，那麼文學以個人自己為本位，正是當然的事。個人既然是人類的一分子，個人的生活即是人生的河流的一滴，個人的感情當然沒有與人類不共同的地方。在現今以多數決為神聖的時代，習慣上以為個人的意見以至其苦樂是無足輕重的，必須是合唱的呼噪始有意義，這種思想現在雖然仍有勢力，卻是沒有道理的。

一個人的苦樂與千人的苦樂，其差別只是數的問題，不是質的問題；文學上寫千人的苦樂固可，寫一人的苦樂亦無不可，這都是著者的自由，我們不能規定至少須寫若干人的苦樂才算合格，因為所謂普遍的感情，乃是質的而非數的問題。個人所感到的愉快或苦悶，只要是純真切迫的，便是普遍的感情，即使超越群眾的一時的感受以外，也終不損其為普遍。

反過來說，迎合社會心理，到處得到歡迎的《禮拜六》派的小冊子，其文學價值仍然可以直等於零。因此根據為人生的藝術說，以社會的意義的標準來統一文學，其不應與不可能還是一樣。

據我的意見，文藝是人生的，不是為人生的，是個人的，因此也即是人類的；文藝的生命是自由而非平等，是分離而非合併。一切主張倘若與這相背，無論憑了什麼神聖的名字，其結果便是破壞文藝的生命，造成呆板虛假的作品，即為本主張頹廢的始基。

歐洲文學史上的陳跡，指出許多同樣的興衰，到了二十世紀才算覺悟，不復有統一文學潮流的企畫，聽各派自由發展，日益趨於繁盛。這個情形很足供我們的借鑑，我希望大家棄捨了統一的空想，去各行其是的實地工作，做得一分是一分，這才是充實自己的一生的道路。

文藝上的異物

古今的傳奇文學裡，多有異物——怪異精靈出現，在唯物的人們看來，都是些荒唐無稽的話，即使不必立刻排除，也總是了無價值的東西了。但是唯物的論斷不能為文藝批評的標準，而且賞識文藝不用心神體會，卻「膠柱鼓瑟」的把一切敘說的都認作真理與事實，當作歷史與科學去研究他，原是自己走錯了路，無怪不能得到正當的理解。

傳奇文學盡有他的許多缺點，但是跳出因襲軌範，自由的採用任何奇異的材料，以能達到所欲得的效力為其目的，這卻不能不說是一個大的改革，文藝進化上的一塊顯著的里程碑。這種例證甚多，現在姑取異物中的最可怕的東西——殭屍——作為一例。

在中國小說上出現的殭屍，計有兩種。一種是屍變，新死的人忽然「感了戾氣」，起來作怪，常把活人弄死，所以他的性質是很凶殘的。一種是普通的殭屍，據說是久殯不葬的死人所化，性質也是凶殘，又常被當作旱魃，能夠阻止天雨，但是一方面又有戀愛事件的傳說，性質上更帶了一點溫暖的彩色了。

中國的殭屍故事大抵很能感染恐怖的情緒，捨意義而論技工，卻是成功的了；《聊齋志異》裡有一則「屍變」，紀旅客獨宿，為新死的旅館子婦所襲，逃到野外，躲在一棵大樹後面，互相撐拒，末後驚恐倒地，屍亦抱樹而僵。

我讀這篇雖然已在二十多年前，那時恐怖的心情還未忘記，這可以算是一篇有力的鬼怪故事了。兒童文學裡的恐怖分子，確是不甚適宜，若在平常文藝作品本來也是應有的東西，美國亞倫坡的小說含這種分子很多，便是莫泊桑也作有若干鬼怪故事，不過他們多用心理的內面描寫，方法有點不同罷了。

外國的殭屍思想，可以分作南歐與北歐兩派，以希臘及塞耳比亞為其代表。北派的通稱凡披耳（**Vampyr**），從墓中出，迷魘生人，吸其血液，被吸者死復成凡披耳；又患狼狂病（**Lycanthropia**）者，俗以為能化狼，死後亦成殭屍，故或又混稱「人狼」（Volkodlak），性質凶殘，與中國的殭屍相似。

南派的在希臘古代稱亞拉思妥耳（Alastor），在現代雖襲用斯拉夫的名稱「苻呂柯拉加思」（Vrykolakas 原意云人狼），但從方言「鼓狀」（Tympaniaios），「張口者」（Katachanas）等名稱看來，不過是不壞而能行動的屍身，雖然也是妖異而性質卻是和平的，民間傳說裡常說他回家起居如常人，所以正是一種「活屍」罷了。他的死後重來的緣因，大抵由於精氣未盡或怨恨未報，以橫死或夭亡的人為多。

古希臘的亞拉思妥耳的意思本是遊行者，但其遊行的目的大半在於追尋他的仇敵，後人便將這字解作「報復者」，因此也加上多少殺伐的氣質了。

希臘悲劇上常見這類的思想，如愛斯吉洛思（Aischylos）的《慈惠女神》（Eumenides）中最為顯著，厄林奴思（Erinys）所歌「為了你所流的血，你將使我吸你活的肢體的紅汁。你自身必將為我的肉，我的酒」，即是好例。

阿勒思德斯（Orestes）為父報仇而殺其母，母之怨靈乃借手厄林奴思以圖報復，在民間思想圖報者本為其母的殭屍，唯以藝術的關係故代以報仇之神厄林奴思，這是希臘中和之德的一例，但恐怖仍然存在，運用民間信仰以表示正義，這可以說是愛斯吉洛思的一種特長了。

近代歐洲各國亦有類似「遊行者」的一種思想，易卜生的戲劇《群鬼》裡便聯帶說及，他這篇名本是「重來者」（Gengangere），即指死而復出的殭屍，並非與肉體分離了的鬼魂，第一幕裡，阿爾文夫人看見兒子和使女調戲，叫道「鬼，鬼！」意思就是這個，這鬼（Ghosts）字實在當解作「〔從死人裡〕回來的人們」（Revenants）。

條頓族的敘事民歌（Popular ballad）裡也很多這些「重來者」，如「門子井的妻」一篇，紀死者因了母子之愛，兄弟三人同來訪問他們的老母；但是因戀愛而重來的尤多，「可愛的威廉的鬼」從墓中出來，問他的情人要還他的信誓，造成一首極淒婉美豔的民歌。威廉說，「倘若死者為生人而來，我亦將為你而重來。」這死者來迎取後死的情人的趣意，便成了「色勿克的奇蹟」的中心，並引起許多近代著名的詩篇，運用怪異的事情表示比死更強的愛力。

在這些民歌裡，表面上似乎只說鬼魂，實在都是那「遊行者」一類的異物，「門子井的妻」裡老母聽說她的兒子死在海裡了，她詛咒說，「我願風不會停止，浪不會平靜，直到我的三個兒子回到我這裡來，帶了〔他們的〕現世的血肉的身體」，便是很明白的證據了。

民間的習俗大抵本於精靈信仰（Animism），在事實上於文化發展頗有障害，但從藝術上平心靜氣的看去，我們能夠於怪異的傳說的裡面瞥見人類共通的悲哀或恐怖，不是無意義的事情。科學思想可以加入文藝裡去，使他發生若干變化，卻決不能完全佔有他，因為科學與藝術的領域是迴異的。明器裡人面獸身獨角有翼的守墳的異物，常識都知道是虛假的偶像，但是當作藝術，自有他的價值，不好用唯物的判斷去論定的。文藝上的異物思想也正是如此。

我想各人在文藝上不妨各有他的一種主張，但是同時不可不有寬闊的心胸與理解的精神去賞鑒一切的作品，庶幾能夠貫通，瞭解文藝的真意。安特來夫在《七個絞死者的故事》的序上說的好，「我們的不幸，便是大家對於別人的心靈生命苦痛習慣意向願望，都很少理解，而且幾於全無。我是治文學的，我之所以覺得文學可尊者，便因其最高上的功業是拭去一切的界限與距離。」

神話與傳說

近來時常有人說起神話，但是他們用了科學的知識，不作歷史的研究，卻去下法律的判斷，以為神話都是荒唐無稽的話，不但沒有研究的價值，而且還有排斥的必要。這樣的意見，實在不得不說是錯誤的。神話在民俗學研究上的價值大家多已知道，就是在文藝方面也是很有關係，現在且只就這一面略略加以說明。

神話一類大同小異的東西，大約可以依照他們性質分作下列四種：

一、神話（Mythos＝Myth）

二、傳說（Saga＝Legend）

三、故事（Logos = Anecdote）

四、童話（Maerchen = Fairy tale）

神話與傳說形式相同，但神話中所講者是神的事情，傳說是人的事情；其性質一是宗教的，一是歷史的。傳說與故事亦相同，但傳說中所講的是半神的英雄，故事中所講的是世間的名人；其性質一是歷史的，一是傳記的。這三種可以歸作一類，人與事並重，時地亦多有著落，與重事不重人的童話相對。

童話的性質是文學的，與上邊三種之由別方面轉入文學者不同，但這不過是他們原來性質上的區別，至於其中的成分別無什麼大差，在我們現今拿來鑑賞，又原是一樣的文藝作品，分不出輕重來了。

對於神話等中間的怪誕分子，古來便很有人注意，加以種種解說，但都不很確切，直至十九世紀末英人安特路闌（Andrew Lang）以人類學法解釋，才能豁然貫通，為現代民俗學家所採用。新舊學說總凡五家，可以分為退化說與進化說兩派。

退化說

（一）歷史學派　此派學說以為一切神話等皆本於歷史的事實，因年代久遠，遂致傳訛流於怪誕。

（二）**譬喻派**　此派謂神話等係假借具體事物，寄託抽象的道德教訓者，因傳訛失其本意，成為怪誕的故事。

（三）**神學派**　此派謂神話等皆係《舊約》中故事之變化。

（四）**言語學派**　此派謂神話等皆起源於「言語之病」，用自然現象解釋一切。他們以為自然現象原有許多名稱，後來舊名廢棄而成語留存，意義已經不明，便以為是神靈的專名，為一切神話的根源。以上四派中以此派為最有勢力，至人類學派起，才被推倒了。

進化說

（五）**人類學派**　此派以人類學為根據，證明一切神話等的起源在於習俗。現代的文明人覺得怪誕的故事，在他發生的時地，正與社會上的思想制度相調和，並不覺得什麼不合。譬如人獸通婚，似乎是背謬的思想，但在相信人物皆精靈，能互易形體的社會裡，當然不以為奇了。他們徵引古代或蠻族及鄉民的信仰習慣，考證各式神話的原始，大概都已得到解決。

我們依了這人類學派的學說，能夠正當瞭解神話的意義，知道他並非完全是荒誕不經的東西，並不是幾個特殊階級的人任意編造出來，用以愚民，更不是大人隨口胡謅騙小孩子的了。我們有這一點預備知識，才有去鑑賞文學上的神話的資格，譬如古希臘的所謂荷馬的史詩，便充滿了許多「無稽」的話，非從這方面去看是無從索解的。真有吃人的「圓目」（Kyklops）麼？伊泰加的太上皇真在那裡躬耕麼？都是似乎無稽的問題，但我們如參照闌氏的學說讀去，不但覺得並不無稽，而且反是很有趣味了。

離開了科學的解說，即使單從文學的立腳點看去，神話也自有其獨立的價值，不是可以輕蔑的東西。本來現在的所謂神話等，原是文學，出在古代原民的史詩史傳及小說裡邊；他們做出這些東西，本不是存心作偽以欺騙民眾，實在只是真誠的表現出他們質樸的感想，無論其內容與外形如何奇異，但在表現自己這一點上與現代人的著作並無什麼距離。

文學的進化上，雖有連接的反動（即運動）造成種種的派別，但如根本的人性沒有改變，各派裡的共通的文藝之力，一樣的能感動人，區區的時間和空間的阻隔只足加上一層異樣的紋彩，不能遮住他的波動。

中國望夫石的傳說，與希臘神話裡的尼阿倍（Niobe）痛子化石的話，在現今用科學眼光看去，都是誑話了，但這於他的文藝的價值決沒有損傷，因為他所給與者並不是人變石頭這件事實，卻是比死更強的男女間及母子間的愛情，化石這一句話差不多是文藝上的象徵作用罷了。

文藝不是歷史或科學的記載，大家都是知道的；如見了化石的故事，便相信人真能變石頭，固然是個愚人，或者又背著科學來破除迷信，斷斷的爭論化石故事之不合真理，也未免成為笨伯了。我們決不相信在事實上人能變成石頭，但在望夫石等故事裡，覺得他能夠表示一種心情，自有特殊的光熱，我們也就能離開了科學問題，瞭解而且賞鑑他的美。

研究文學的人運用現代的科學知識，能夠分析文學的成分，探討時代的背景，個人的生活與心理的動因，成為極精密的研究，唯在文藝本體的賞鑑，還不得不求諸一己的心，便是受過科學洗禮而仍無束縛的情感，不是科學知識自己。

中國凡事多是兩極端的，一部分的人現在還抱著神話裡的信仰，一部分的人便以神話為不合科學的誑話，非排斥不可。我想如把神話等提出在崇信與攻擊之外，還他一個中立的位置，加以學術的考訂，歸入文化史裡去，一方面當作古代文學看，用歷史批評或藝術賞鑒去對待他，可以收穫相當的好結果：這個辦法，庶幾得中，也是世界通行的對於神話的辦法。好廣大肥沃的田地攤放在那裡，只等人去耕種。國內有能耐勞苦與寂寞的這樣的農夫麼？

在本文中列舉神話傳說故事童話四種，標題卻只寫神話與傳說，後邊又常單舉神話，其實都是包括四者在內，因便利上故從簡略。

歌謠

歌謠這個名稱，照字義上說來只是口唱及合樂的歌，但平常用在學術上與「民歌」是同一的意義。民謠的界說，據英國吉特生（Kidson）說是一種詩歌，「生於民間，為民間所用以表現情緒，或為抒情的敘述者。他又大抵是傳說的，而且正如一切的傳說一樣，易於傳訛或改變。他的起源不能確實知道，關於他的時代也只能約略知道一個大概。」

他的種類的發生，大約是由於原始社會的即興歌，《詩序》所說「情動於中而形於言」云云，即是這種情形的說明，所以民謠可以說是原始的——而又不老的詩。

在文化很低的社會裡，個人即興口占，表現當時的感情或敘述事件，但唱過隨即完了，沒有保存的機會，到得文化稍進，於即興之外才有傳說的歌謠，原本也是即興，卻被社會所採用，因而就流傳下來了。

吉特生說，「有人很巧妙的說，諺是一人的機鋒，多人的智慧。對於民歌我們也可以用同樣的界說，便是由一個人的力將一件史事，一件傳說或一種感情，放在可感覺的形式裡（表現出來），這些東西本為民眾普通所知道或感到的，但少有人能夠將他造成定形。我們可以推想，個人的這種著作或是粗糙，或是精煉，但這關係很小，倘若這感情是大家所共感到的，因為通用之後自能漸就精煉，不然也總多少磨去他的稜角（使他稍為圓潤）了。」

民歌是原始社會的詩，但我們的研究卻有兩個方面，一是文藝的，一是歷史的。從文藝的方面我們可以供詩的變遷的研究，或做新詩創作的參考。在這一點上我們需要現存的民歌比舊的更為重要，古文書裡不少好的歌謠，但是經了文人的潤色，不是本來的真相了。

民歌與新詩的關係，或者有人懷疑，其實是很自然的，因為民歌的最強烈最有價值的特色是他的真摯與誠信，這是藝術品的共通的精魂，於文藝趣味的養成極是有益的。吉特生說，「民歌作者並不因職業上的理由而創作；他唱歌，因為他是不能不唱，而且有時候他還是不甚適於這個工作。但是他的作品，因為是真摯地做成的，所以有那一種感人的力，不但適合於同階級，並且能感及較高文化的社會。」這個力便是最足供新詩的汲取的。

義大利人威大利（Vitale）在所編的《北京兒歌》序上指點出讀者的三項益處，第三項是「在中國民歌中可以尋到一點真的詩」，後邊又說，「這些東西雖然都是不懂文言的不學的人所作，卻有一種詩的規律，與歐洲諸國類似，與義大利詩法幾乎完全相合。根於這些歌謠和人民的真的感情，新的一種國民的詩或者可以發生出來。」

這一節話我覺得極有見解，而且那還是一八九六年說的，又不可不說他是先見之明了。

歷史的研究一方面，大抵是屬於民俗學的，便是從民歌裡去考見國民的思想，風俗與迷信等，言語學上也可以得到多少參考的材料。其資料固然很需要新的流行的歌謠，但舊的也一樣重要，雖然文人的潤色也須注意分別的。這是一件很大的事業，不過屬於文藝的範圍以外，現在就不多說了。

在民歌這個總名之下，可以約略分作這幾大類：

一、**情歌**

二、**生活歌**　包括各種職業勞動的歌，以及描寫社會家庭生活者，如童養媳及姑婦的歌皆是。

三、**滑稽歌**　嘲弄諷刺及「沒有意思」的歌皆屬之，唯後者殊不多，大抵可以歸到兒歌裡去。

四、**敘事歌**　即韻文的故事，《孔雀東南飛》及《木蘭行》是最好的例，但現在通行的似不多見。又有一種「即事」的民歌，敘述當代的事情，如此地通行的「不剃辮子沒法混，剃了辮子怕張順」便是。中國史書上所載有應驗的「童謠」，有一部分是這些歌謠，其大多數原是普通的兒歌，經古人附會作熒惑的神示罷了。

五、**儀式歌**　如結婚的撒帳歌等，行禁厭時的祝語亦屬之。占候歌訣也應該附在這裡。諺語是理知的產物，本與主情的歌謠殊異，但因也用歌謠的形式，又與儀式占候歌有連帶的關係，所以附在末尾；古代的詩的哲學書都歸在詩裡，這正是相同的例了。

六、**兒歌** 兒歌的性質與普通的民歌頗有不同，所以別立一類。也有本是大人的歌而兒童學唱者，雖然依照通行的範圍可以當作兒歌，但嚴格的說來應歸入民歌部門才對。

歐洲編兒歌集的人普通分作母戲母歌與兒戲兒歌兩部，以母親或兒童自己主動為斷，其次序先兒童本身，次及其關係者與熟習的事物，次及其他各事物。現在只就歌的性質上分作兩項。

（1）**事物歌**

（2）**遊戲歌**

事物歌包含一切抒情敘事的歌，謎語其實是一種詠物詩，所以也收在裡邊。唱歌而伴以動作者則為遊戲歌，實即敘事的扮演，可以說是原始的戲曲，——據現代民俗學的考據，這些遊戲的確起源於先民的儀式。遊戲時選定擔任苦役的人，常用一種完全沒有意思的歌詞，這便稱作決擇歌（Counting out Song），也屬遊戲歌項下；還有一種只用作歌唱，雖亦沒有意思而各句尚相連貫者，那是趁韻的滑稽歌，當屬於第一項了。

兒歌研究的效用，除上面所說的兩件以外，還有兒童教育的一方面，但是他的益處也是藝術的而非教訓的，如呂新吾作《演小兒語》，想改作兒歌以教「義理身心之學」，道理固然講不明白，而兒歌也就很可惜的白白的糟掉了。

謎語

民間歌謠中有一種謎語，用韻語隱射事物，兒童以及鄉民多喜互猜，以角勝負。近人著《棣萼室談虎》曾有說及云，「童時喜以用物為謎，因其淺近易猜，而村嫗牧豎恒有傳述之作，互相誇炫，詞雖鄙俚，亦間有足取者。」但他也未曾將他們著錄。

故人陳懋棠君為小學教師，在八年前，曾為我抄集越中小兒所說的謎語，共百七十餘則；近來又見常維鈞君所輯的北京謎語，有四百則以上，要算是最大的搜集了。

謎語之中，除尋常事物謎之外，還有字謎與難問等，也是同一種類。他們在文藝上是屬於賦（敘事詩）的一類，因為敘事詠物說理原是賦的三方面，但是原始的製作，常具有豐富的想像，新鮮的感覺，醇樸而奇妙的聯想與滑稽，所以多含詩的趣味，與後來文人的燈謎專以纖巧與雙關及暗射見長者不同：謎語是原始的詩，燈謎卻只是文章工廠裡的細工罷了。

在兒童教育上，謎語也有其相當的價值，一九一三年我在地方雜誌上做過一篇《兒歌之研究》，關於謎語曾說過這幾句話：「謎語體物入微，情思奇巧，幼兒知識初啟，考索推尋，足以開發其心思。且所述皆習見事物，象形疏狀，深切著明，在幼稚時代，不啻一部天物志疏，言其效用，殆可比於近世所提倡之自然研究歟？」

在現代各國，謎語不過作為老嫗小兒消遣之用，但在古代原始社會裡卻更有重大的意義。說到謎語，大抵最先想起的，便是希臘神話裡的腫足王（Oidipous）的故事。人頭獅身的斯芬克思（Sphinx）伏在路旁，叫路過的人猜謎，猜不著者便被他弄死。他的謎是「早晨用四隻腳，中午兩隻腳，傍晚三隻腳走的是什麼？」腫足王答說這是一個人，因為幼時匍匐，老年用拐杖。斯芬克思見謎被猜著，便投身岩下把自己碰死了。

《舊約》裡也有兩件事，參孫的謎被猜出而失敗（《士師記》），所羅門王能答示巴女王的問，得到讚美與厚贈（《列王紀》上）。其次在伊思闌古書《呃達》裡有兩篇詩，說伐夫忒路特尼耳（Vafthrudnir）給阿廷（Odin）大神猜謎，都被猜破，因此為他所克服，又亞耳微思（Alvis）因為猜不出妥耳（Thorr）的謎，也就失敗，不能得妥耳的女兒為妻。

在別一篇傳說裡，亞斯勞格（Aslaug）受王的試驗，叫她到他那裡去，須是穿衣而仍是裸體，帶著同伴卻仍是單身，吃了卻仍是空肚；她便散髮覆體，牽著狗，嚼著一片蒜葉，到王那裡，遂被賞識，立為王后：這正與上邊的兩件相反，是因為有解答難題的智慧而成功的例。

英國的民間敘事歌中間，也有許多謎歌及抗答歌（Flytings）。「猜謎的武士」裡的季女因為能夠解答比海更深的是什麼，所以為武士所選取。別一篇說死人重來，叫他的戀人同去，或者能做幾件難事，可以放免。他叫她去從地洞裡取火，從石頭絞出水，從沒有嬰孩的處女的胸前擠出乳汁來；她用火石開火，握冰柱使融化，又折斷蒲公英擠出白汁，總算完成了她的工作。「妖精武士」裡的主人公設了若干難問，卻被女人提出更難的題目，反被克服，只能放她自由，獨自逃回地下去了。

中國古史上曾說齊威王之時喜隱，淳于髡說之以隱（《史記》），又齊無鹽女亦以隱見宣王（《新序》），可以算是謎語成功的記錄。小說戲劇中這類的例也常遇見，如《今古奇觀》裡的《李謫仙醉草嚇蠻書》，那是解答難題的變相。

朝鮮傳說，在新羅時代（中國唐代）中國將一隻白玉箱送去，叫他們猜箱中是什麼東西，借此試探國人的能力。崔致遠寫了一首詩作答云，「團團玉函裡，半玉半黃金；夜夜知時鳥，含精未吐音。」箱中本來是個雞卵，中途孵化，卻已經死了。（據三輪環編《傳說之朝鮮》）難題已被解答，中國知道朝鮮還有人才，自然便不去想侵略朝鮮了。

以上所引故事，都足以證明在人間意識上的謎語的重要：謎語解答的能否，於個人有極大的關係，生命自由與幸福之存亡往往因此而定。這奇異的事情卻並非偶然的類似，其中頗有意義可以尋討。

據英國貝林戈爾特（Baring-Gould）在《奇異的遺跡》中的研究，在有史前的社會裡謎語大約是一種智力測量的標準，裁判人的運命的指針。古人及野蠻部落都是實行擇種留良的，他們見有殘廢衰弱不適於人生戰鬥的兒童，大抵都棄捨了；這雖然是專以體質的根據，但我們推想或者也有以智力為根據的。謎語有左右人的運命的能力，可以說即是這件事的反影。

這樣的腦力的決鬥，事實上還有正面的證明，據說十三世紀初德國曾經行過歌人的競技，其敗於猜謎答歌的人即執行死刑，十四世紀中有《華忒堡之戰》（「Krieg von Wartburg」）一詩紀其事。貝林戈爾特說，「基督教的武士與夫人們能夠（冷淡的）看著性命交關的比武，而且基督教的武士與夫人們在十四世紀對於不能解答謎語的人應當把他的頸子去受劊子手的刀的事，並不覺得什麼奇怪。

這樣的思想狀態，只能認作古代的一種遺跡，才可以講得過去，——在那時候，人要生活在同類中間，須是證明他具有智力上的以及體質上的資格。」這雖然只是假說，但頗能說明許多關於謎語的疑問，於我們涉獵或採集歌謠的人也可以作參考之用，至於各國文人的謎原是遊戲之作，當然在這個問題以外了。

論小詩

所謂小詩，是指現今流行的一行至四行的新詩。這種小詩在形式上似乎有點新奇，其實只是一種很普通的抒情詩，自古以來便已存在的。

本來詩是「言志」的東西，雖然也可用以敘事或說理，但其本質以抒情為主。情之熱烈深切者，如戀愛的苦甜，離合生死的悲喜，自然可以造成種種的長篇巨制，但是我們日常的生活裡，充滿著沒有這樣迫切而也一樣的真實的感情；他們忽然而起，忽然而滅，不能長久持續，結成一塊文藝的精華，然而足以代表我們這剎那剎那的內生活的變遷，在或一意義上這倒是我們的真的生活。

如果我們「懷著愛惜這在忙碌的生活之中浮到心頭又復隨即消失的剎那的感覺之心」，想將他表現出來，那麼數行的小詩便是最好的工具了。中國古代的詩，如傳說的周以前的歌謠，差不多都很簡單，不過三四句。《詩經》裡有許多篇用疊句式的，每章改換幾個字，重覆詠歎，也就是小詩的一種變體。後來文學進化，詩體漸趨於複雜，到於唐代算是極盛，而小詩這種自然的要求還是存在，絕句的成立與其後詞裡的小令等的出現，都可以說是這個要求的結果。別一方面從民歌裡變化出來的子夜歌懊儂歌等，也繼續發達，可以算是小詩的別一派，不過經文人採用，於是樂府這種歌詞又變成了長篇巨制了。

由此可見小詩在中國文學裡也是「古已有之」，只因他同別的詩詞一樣，被拘束在文言與韻的兩重束縛裡，不能自由發展，所以也不免和他們一樣同受到湮沒的命運。近年新詩發生以後，詩的老樹上抽了新芽，很有復榮的希望；思想形式逐漸改變，又覺得思想與形式之間有重大的相互關係，不能勉強牽就，我們固然不能用了輕快短促的句調寫莊重的情思，也不能將簡潔含蓄的意思拉成一篇長歌，適當的方法唯有為內容去定外形，在這時候那抒情的小詩應了需要而興起正是當然的事情了。

中國現代的小詩的發達，很受外國的影響，是一個明瞭的事實。歐洲本有一種二行以上的小詩，起於希臘，由羅馬傳入西歐，大抵為諷刺或說理之用，因為羅馬詩人的這兩種才能，似乎出於抒情以上，所以他們定「詩銘」的界說道：

詩銘同蜜蜂，應具三件事，
一刺，二蜜，三是小身體。

但是詩銘在希臘，如其名字 Epigramma 所示，原是墓誌及造象之銘，其特性在短而不在有刺。希臘人自己的界說是這樣說：

「詩銘必要的是一聯（Distichon）；倘若是過了三行，那麼你是詠史詩，不是做詩銘了。」

所以這種小詩的特色是精煉，如西摩尼台思（Simonides 500 B．C.）的《斯巴達國殤墓銘》云：

客為告拉該台蒙人們，
我們臥在這裡，遵著他們的禮法。

又如柏拉圖（Platon 400 B．C.）的《詠星》云：

你看著星麼，我的星？
我願為天空，得以無數的眼看你。

都可以作小詩的模範。但是中國的新詩在各方面都受歐洲的影響，獨有小詩彷彿是在例外，因為他的來源是在東方的，這裡邊又有兩種潮流，便是印度與日本，在思想上是冥想與享樂。

印度古來的宗教哲學詩裡有一種短詩，中國稱他為「偈」或「伽陀」，多是四行，雖然也有很長的。後來回教勢力興盛，波斯文學在那裡發生影響，唵瑪哈揚（Omar Khayyam 十世紀時詩人）一流的四行詩（Rubai）大約也就移植過去，加上一點飄逸與神秘的風味。

這個詳細的變遷我們不很知道，但是在最近的收穫，泰谷爾（Tagore）的詩，尤其是《迷途的鳥》裡，我們能夠見到印度的代表的小詩，他的在中國詩上的影響是極著明的。

日本古代的歌原是長短不等，但近來流行的只是三十一音和十七音的這兩種；三十一音的名短歌，十七音的名俳句，還有一種川柳，是十七音的諷詩，因為不曾介紹過，所以在中國是毫無影響的。此外有子夜歌一流的小唄，多用二十六音，是民間的文學，其流布比別的更為廣遠。

這幾種的區別，短歌大抵是長於抒情，俳句是即景寄情，小唄也以寫情為主而更為質樸；至於簡潔含蓄則為一切的共同點。從這裡看來，日本的歌實在可以說是理想的小詩了。在中國新詩上他也略有影響，但是與印度的不同，因為其態度是現世的。如泰谷爾在《迷途的鳥》裡說：

流水唱道：「我唱我的歌，那時我得我的自由。」──

用王靖君譯文

與謝野晶子的短歌之一云，

拿了咒詛的歌稿，按住了黑色的蝴蝶。

在這裡，大約可以看出他們的不同，因此受他們影響的中國小詩當然也可以分成兩派了。

冰心女士的《繁星》，自己說明是受泰谷爾影響的，其中如六六及七四這兩首云：

深林裡的黃昏

是第一次麼？

又好似是幾時經歷過。

嬰兒

是偉大的詩人：

在不完全的言語中，

吐出最完全的詩句。

可以算是代表的著作，其後輾轉模仿的很多，現在都無須列舉了。俞平伯君的《憶遊雜詩》——在《冬夜》中——雖然序中說及日本的短詩，但實際上是別無關係的，即如其中最近似的《南宋六陵》一首：

牛郎花，黃滿山，
不見冬青樹，紅杜鵑兒血斑斑。

也是真正的樂府精神，不是俳句的趣味。《湖畔》中汪靜之君的小詩，如其一云：

你該覺得罷——
僅僅是我自由的夢魂兒，
夜夜縈繞著你麼？

卻頗有短歌的意思。

這一派詩的要點在於有彈力的集中，在漢語性質上或者是不很容易的事情，所以這派詩的成功比較的為難了。

我平常主張對於無論什麼流派，都可以受影響，雖然不可模仿，因此我於這小詩的興起，是很贊成，而且很有興趣的看著他的生長。這種小幅的描寫，在畫大堂山水的人看去，或者是覺得無聊也未可知，但是如上面說過，我們在日常生活中，隨時隨地都有感興，自然便有適於寫一地的景色，一時的情調的小詩之需要。不過在這裡有一個條件，這便是須成為一首小詩，——說明一句，可以說是真實簡煉的詩。

本來凡詩都非真實簡煉不可，但在小詩尤為緊要。所謂真實並不單是非虛偽，還須有切迫的情思才行，否則只是談話而非詩歌了。我們表現的欲求原是本能的，但是因了欲求的切迫與否，所表現的便成為詩歌或是談話。譬如一顆火須燃燒至某一程度才能發出光焰，人的情思也須燃燒至某一程度才能變成詩料，在這程度之下不過是普通的說話，猶如盤香的火雖然維持著火的生命，卻不能有大光焰了。

所謂某一程度，即是平凡的特殊化，現代小說家康拉特（Joseph Conrad）所說的人生的比現實更真切的認知；詩人見了常人所習見的事物，猶能比常人更銳敏的受到一種銘感，將他藝術地表現出來，這便是詩。

「倘若是很平凡浮淺的思想，外面披上詩歌形式的衣裳，那是沒有實質的東西，別無足取。如將這兩首短歌比較起來，便可以看出高下。

樵夫踏壞的山溪的朽木的橋上，有螢火飛著。——香川景樹

心裡懷念著人，見了澤上的螢火，也疑是從自己身裡出來的夢遊的魂。——和泉式部

第一首只是平凡無聊的事，第二首描寫一種特殊的情緒，就能感人；同是一首詠螢的歌，價值卻大不相同了。」（見《日本的詩歌》中）

所以小詩的第一條件是須表現實感，便是將切迫地感到的對於平凡的事物之特殊的感興，迸躍地傾吐出來，幾乎是迫於生理的衝動，在那時候這事物無論如何平凡，但已由作者分與新的生命，成為活的詩歌了。

至於簡煉這一層，比較的更易明瞭，可以不必多說。詩的效用本來不在明說而在暗示，所以最重含蓄，在篇幅短小的詩裡自然更非講字句的經濟不可了。

對於現在發表的小詩，我們只能賞鑑，或者再將所得的印象寫出來給別人看，卻不易批評，因為我覺得自己沒有這個權威，因為個人的賞鑑的標準多是主觀的，不免為性情及境遇所限，未必能體會一切變化無窮的情境，這在天才的批評家或者可以，但在常人們是不可能的了。所以我們見了這些詩，覺得那幾首好，那幾首不好，可以當作個人的意見去發表，但讀者要承認這並沒有法律上的判決的力。至於附和之作大約好的很少，福祿特爾曾說，第一個將花比女子的人是天才，第二個說這話的便是呆子了。

現在對於小詩頗有懷疑的人，雖然也盡有理由，但總是未免責望太深了。正如馥泉君所說，「做詩，原是為我自己要做詩而做的，」做詩的人只要有一種強烈的感興，覺得不能不說出來，而且有恰好的句調，可以儘量的表現這種心情，此外沒有第二樣的說法，那麼這在作者就是真正的詩，他的生活之一片，他就可以自信的將他發表出去了。

有沒有永久的價值，在當時實在沒有計較的工夫與餘地。在批評家希望得見永久價值的作品，這原是當然的，但這種佳作是數年中難得一見的；現在想每天每月都遇到，豈不是過大的要求麼？我的意見以為最好任各人自由去做他們自己的詩，做的好了，由個人的詩人而成為國民的詩人，由一時的詩而成為永久的詩，固然是最所希望的，即使不然，讓各人發抒情思，滿足自己的要求也是很好的事情。

如有賢明的批評家給他們指示正當的途徑，自然很是有益，但是我們未能自信有這賢明的見識，而且前進的路也不止一條，——除了倒退的路以外都是可以走的，因此這件事便頗有點為難了。做詩的人要做怎樣的詩，什麼形式，什麼內容，什麼方法，只能聽他自己完全的自由，但有一個限制的條件，便是須用自己的話來寫自己的情思。

情詩

讀汪靜之君的詩集《蕙的風》，便想到了「情詩」這一個題目。

這所謂情，當然是指兩性間的戀慕。古人論詩本來也不抹殺情字，有所謂「發乎情止乎禮義」之說；照道理上說來，禮義原是本於人情的，但是現在社會上所說的禮義卻並不然，只是舊習慣的一種不自然的遺留，處處阻礙人性的自由活動，所以在他範圍裡，情也就沒有生長的餘地了。我的意見以為只應「發乎情，止乎情」，就是以戀愛之自然的範圍為範圍；在這個範圍以內我承認一切的情詩。倘若過了這界限，流於玩世或溺惑，那便是變態的病理的，在詩的價值上就有點疑問了。

我先將「學究的」說明對於性愛的意見。《愛之成年》的作者凱本德說「性是自然界裡的愛之譬喻」，這是一句似乎玄妙而很是確實的說明。生殖崇拜（Phallicism）這句話用到現今已經變成全壞的名字，專屬於猥俗的儀式，但是我們未始不可把他回復到莊嚴的地位，用作現代性愛的思想的名稱，而一切的情歌也就不妨仍加以古昔的 **Asmata Phallika**（原意生殖頌歌）的徽號。

凱本德在《愛與死之戲劇》內，根據近代細胞學的研究，聲言「戀愛最初（或者畢竟）大抵只是兩方元質的互換」，愛倫凱的《戀愛與結婚》上也說，「戀愛要求結合，不但為了別一新生命的創造，還因為兩個人互相因緣的成為一個新的而且比獨自存在更大的生命。」所以性愛是生的無差別與絕對的結合的欲求之表現，這就是宇宙間的愛的目的。

凱本德有《嬰兒》一詩，末尾這樣說：

「完全的三品：男，女，與嬰兒，
在這裡是一切的創造了。」

「……不知愛曾旅行到什麼地方

他帶這個回來，——這最甜美的意義的話：

兩個生命作成一個，看似一個，

在這裡是一切的創造了。」

戀愛因此可以說是宇宙的意義，個體與種族的完成與繼續。我們不信有人格的神，但因了戀愛而能瞭解「求神者」的心情，領會「入神」（Enthousiasmos）與「忘我」（Ekstasia）的幸福的境地；我們不願意把《雅歌》一類的詩加以精神的解釋，但也承認戀愛的神秘主義的存在，對於波斯「毛衣派」詩人表示尊重。

我相信這二者很有關係，實在戀愛可以說是一種宗教感情。愛慕，配偶與生產：這是極平凡極自然，但也是極神秘的事情。凡是愈平凡愈自然的，便愈神秘，所以在現代科學上的性的知識日漸明瞭，性愛的價值也益增高，正因為知道了微妙重大的意義，自然興起嚴肅的感情，更沒有從前那戲弄的態度了。

詩本是人情迸發的聲音，所以情詩占著其中的極大地位，正是當然的，但是社會上還流行著半開化時代的不自然的意見，以為性愛只是消遣的娛樂而非生活的經歷，所以富有年老的人盡可耽溺，若是少年的男女在文字上質直的表示本懷，便算是犯了道德的律；還有一層，性愛是不可免的罪惡與污穢雖然公許，但是說不得的，至少也不得見諸文學。

在別一方面卻又可驚的寬縱，曾見一個老道學家的公刊的筆記，卷首高談理氣，在後半的記載裡含有許多不愉快的關於性的暗示的話。正如老人容易有變態性欲一樣，舊社會的意見也多是不健全的。路易士（E・Lewis）在《凱本德傳》裡說，「社會把戀愛關在門裡，從街上驅逐他去，說他無恥；捫住他的嘴，遏止他的狂喜的歌；用了卑猥的禮法將他圍住；又因了經濟狀況，使健全的少年人們不得在父母的創造之歡喜裡成就了愛的目的：這樣的社會在內部已經腐爛，已受了死刑的宣告了。」

在這社會裡不能理解情詩的意義，原是當然的，所以我們要說情詩，非先把這種大多數的公意完全排斥不可。

我們對於情詩，當先看其性質如何，再論其藝術如何。情詩可以豔冶，但不可涉於輕薄；可以親密，但不可流於狎褻；質言之，可以一切，只要不及於亂。這所謂亂，與從來的意思有點不同，因為這是指過分，——過了情的分限，即是性的遊戲的態度，不以對手當做對等的人，自己之半的態度。簡單的舉一個例，私情不能算亂，而蓄妾是亂；私情的俗歌是情詩，而詠「金蓮」的詞曲是淫詩。

在藝術上，同是情詩也可以分出優劣，在別一方面，淫詩中也未嘗沒有以技工勝者，這是應該承認的，雖然我不想把他邀到藝術之宮裡去。照這樣看來，靜之的情詩即使藝術的價值不一樣，（如胡序裡所詳說），但是可以相信沒有「不道德的嫌疑」。不過這個道德是依照我自己的定義，倘若由傳統的權威看去，不特是有嫌疑，確實是不道德的了。

這舊道德上的不道德，正是情詩的精神，用不著我的什麼辯解。靜之因為年歲與境遇的關係，還未有熱烈之作，但在他那纏綿宛轉的情詩裡卻盡有許多佳句。我對於這些詩的印象，彷彿是散在太空裡的宇宙之愛的霞彩，被靜之用了捉蝴蝶的網兜住了多少，在放射微細的電光。所以見了《蕙的風》裡的「放情地唱」，我們應該認為詩壇解放的一種呼聲，期望他精進成就，倘若大驚小怪，以為「革命也不能革到這個地步」，那有如見了小象還怪他比牛大，未免眼光太短了。

阿麗思漫遊奇境記

近來看到一本很好的書，便是趙元任先生所譯的《阿麗思漫遊奇境記》。這是「一部給小孩子看的書」，但正如金聖歎所說又是一部「絕世妙文」，就是大人——曾經做過小孩子的大人，也不可不看，看了必定使他得到一種快樂的。世上太多的大人雖然都親自做過小孩子，卻早失了「赤子之心」，好像「毛毛蟲」的變了蝴蝶，前後完全是兩種情狀，這是很不幸的。他們忘卻了自己的兒童時代的心情，對於正在兒童時代的兒童的心情於是不獨不能理解，與以相當的保育調護，而且反要加以妨害；兒童倘若不幸有這種的人做他的父母師長，他的一部分的生活便被損壞，後來的影響更不必說了。

我們不要誤會，這只有頑固的塾師及道學家才如此，其實那些不懂感情教育的價值而專講實用的新教育家所種的惡因也並不小，即使沒有比他們更大。我對於少數的還保有一點兒童的心情的大人們，鄭重的介紹這本名著請他們一讀，並且給他們的小孩子讀。

這部書的特色，正如譯者序裡所說，是在於他的有意味的「沒有意思」。英國政治家辟忒（Pitt）曾說，「你不要告訴我說一個人能夠講得有意思，各人都能夠講得有意思。但是他能夠講得沒有意思麼？」文學家特坤西（De Quincey）也說，只是有異常的才能的人，才能寫沒有意思的作品。兒童大抵是天才的詩人，所以他們獨能賞鑒這些東西。最初是那些近於「無意味不通的好例」的決擇歌，如《古今風謠》裡的「腳驢斑斑」，以及「夾雨夾雪凍死老鱉」一類的趁韻歌，再進一步便是那些滑稽的敘事歌了。

英國兒歌中「赫巴特老母和她的奇怪的狗」與「黎的威更斯太太和她的七隻奇怪的貓」，都是這派的代表著作，專以天真而奇妙的「沒有意思」娛樂兒童的。這「威更斯太太」是夏普夫人原作，經了拉斯庚的增訂，所以可以說是文學的滑稽兒歌的代表，後來利亞（Lear）做有「沒有意思的詩」的專集，於是更其完成了。

散文的一面，始於高爾斯密的《二鞋老婆子的歷史》，到了加樂爾而完成，於是文學的滑稽童話也侵入英國文學史裡了。歐洲大陸的作家，如丹麥的安徒生在《伊達的花》與《阿來鎖眼》裡，荷蘭的藹覃在他的《小約翰》裡，也有這類的寫法，不過他們較為有點意思，所以在「沒有意思」這一點上，似乎很少有人能夠趕得上加樂爾的了。

然而這沒有意思決不是無意義，他這著作是實在有哲學的意義的。麥格那思在《十九世紀英國文學論》上說，「利亞的沒有意思的詩與加樂爾的阿麗思的冒險，都非常分明的表示超越主義觀點的滑稽。他們似乎是說，『你們到這世界裡來住罷，在這裡物質是一個消融的夢，現實是在幕後。』阿麗思走到鏡子的後面，於是進奇境去。在他們的圖案上，正經的〔分子〕都刪去，矛盾的事情很使兒童喜悅；但是覺著他自己的限量的大人中之永久的兒童的喜悅，卻比〔普通的〕兒童的喜悅為更高了。」

我的本意在推舉他在兒童文學上的價值，這些評論本是題外的話，但我想表明他在〔成人的〕文學上也有價值，所以抄來作個引證。譯者在序裡說，

「我相信這書的文學的價值，比莎士比亞最正經的書亦比得上，不過又是一派罷了。」這大膽而公平的批評，實在很使我佩服。

普通的人常常相信文學只有一派是正宗，而在西洋文學上又只有莎士比亞是正宗，給小孩子看的書既然不是這一派，當然不是文學了。或者又相信給小孩子的書必須本於實在或是可能的經驗，才能算是文學，如《國語月刊》上勃朗的譯文所主張，因此排斥空想的作品，以為不切實用，歐洲大戰時候科學能夠發明戰具，神話與民間故事毫無益處，即是證據。

兩者之中，第一種擬古主義的意見雖然偏執，只要給他說明文學中本來可以有多派的，如譯者那樣的聲明，這問題也可以解決了；第二種軍國主義的實用教育的意見卻更為有害。我們姑且不論任何不可能的奇妙的空想，原只是集合實在的事物的經驗的分子綜錯而成，但就兒童本身上說，在他想像力發展的時代確有這種空想作品的需要，我們大人無論憑了什麼神呀皇帝呀國家呀的神聖之名，都沒有剝奪他們的這需要的權利，正如我們沒有剝奪他們衣食的權利一樣。

人間所同具的智與情應該平匀發達才是，否則便是精神的畸形，劉伯明先生在《學衡》第二期上攻擊毫無人性人情的「化學化」的學者，我很是同意。我相信對於精神的中毒，空想——體會與同情之母——的文學正是一服對症的解藥。所以我推舉這部《漫遊奇境記》給心情沒有完全化學化的大人們，特別請已為或將為人們的父母師長的大人們看，——若是看了覺得有趣，我便慶賀他有了給人家做這些人的資格了。

對於趙先生的譯法，正如對於他的選譯這部書的眼力一般，我表示非常的佩服：他的純白話的翻譯，注音字母的實用，原本圖畫的選入，都足以表見忠實於他的工作的態度。我深望那一部姊妹書《鏡裡世界》能夠早日出版。——譯者序文裡的意見，上面已經提及，很有可以佩服的地方，但就文章的全體看來，卻不免是失敗了。因為加樂爾式的滑稽實在是不易模擬的，趙先生給加樂爾的書做序，當然不妨模擬他，但是寫的太巧了，因此也就未免稍拙了。……妄言多罪。

沉淪

我在要談到郁達夫先生所作的小說集《沉淪》之先，不得不對於「不道德的文學」這一個問題講幾句話，因為現在頗有人認他是不道德的小說。

據美國莫台耳（Mordell）在《文學上的色情》裡所說，所謂不道德的文學共有三種，其一不必定與色情相關的，其餘兩種都是關於性的事情的。第一種的不道德的文學實在是反因襲思想的文學，也就可以說是新道德的文學。例如易卜生或托爾斯泰的著作，對於社會上各種名分的規律加以攻擊，要重新估定價值，建立更為合理的生活，在他的本意原是道德的，然而從因襲的社會看來卻覺得是「離經叛道」，所以加上一個不道德的名稱。這正是一切革命思想的共通的運命，耶穌，哥白尼，達爾文，尼采，克魯泡金都是如此；關於性的問題如惠忒曼凱本特等的思想，在當時也被斥為不道德，但在現代看來卻正是最醇淨的道德的思想了。

第二種的不道德的文學應該稱作不端方的文學，其中可以分作三類。

（一）是自然的，在古代社會上的禮儀不很整飭的時候，言語很是率真放任，在文學裡也就留下痕跡，正如現在鄉下人的粗鄙的話在他的背景裡實在只是放誕，並沒有什麼故意的挑撥。

（二）是反動的，禁欲主義或偽善的清淨思想盛行之後，常有反動的趨勢，大抵傾向於裸露的描寫，因以反抗舊潮流的威嚴，如文藝復興期的法意各國的一派小說，英國王政復古時代的戲曲，可以算作這類的代表。

（三）是非意識的，這一類文學的發生並不限於時代及境地，乃出於人性的本然，雖不是端方的而也並非不嚴肅的，雖不是勸善的而也並非誨淫的；所有自然派的小說與頹廢派的著作，大抵屬於此類。

據「精神分析」的學說，人間的精神活動無不以﹙廣義的﹚性欲為中心，即在嬰孩時代也有他的性的生活，其中主動的重要分子便是他苦（Sadistic）

自苦（Masochistic）展覽（Exhibitionistic）與窺（Voyeuristic）的本能。這些本能得到相當的發達與滿足，便造成平常的幸福的性的生活之基礎，又因了昇華作用而成為藝術與學問的根本；倘若因迫壓而致蘊積不發，便會變成病的性欲，即所謂色情狂了。

這色情在藝術上的表現，本來也是由於迫壓，因為這些要求在現代文明——或好或壞——底下，常難得十分滿足的機會，所以非意識的噴發出來，無論是高尚優美的抒情詩，或是不端方的（即猥褻的）小說，其動機仍是一樣；講到這裡，我們不得不承認那色情狂的著作也同屬在這一類，但我們要辨明他是病的，與平常的文學不同，正如狂人與常人的不同，雖然這交界點的區畫是很難的。

莫台耳說，「亞普劉思（Apuleius）彼得洛紐思（Petronius）戈諦亞（Gautier）或左拉（Zola）等人的展覽性，不但不損傷而且有時反增加他們著作的藝術的價值。」我們可以說《紅樓夢》也如此，但有些中國的「淫書」卻都是色情狂的了。猥褻只是端方的對面，並不妨害藝術的價值，天才的精神狀態也本是異常的，然而在變態心理的中線以外的人與著作則不能不以狂論。但是色情狂的文學也只是狂的病的，不是不道德的，至於不端方的非即不道德，那自然是不必說了。

第三種的不道德的文學才是真正的不道德文學，因為這是破壞人間的和平，為罪惡作辯護的，如讚揚強暴誘拐的行為，或性的人身賣買者皆是。嚴格的說，非人道的名分思想的文章也是這一類的不道德的文學。

照上邊說來，只有第三種文學是不道德的，其餘的都不是；《沉淪》是顯然屬於第二種的非意識的不端方的文學，雖然有猥褻的分子而並無不道德的性質。著者在自序裡說，「第一篇《沉淪》是描寫著一個病的青年的心理，也可以說是青年憂鬱病的解剖，裡邊也帶敘著現代人的苦悶，——便是性的要求與靈肉的衝突。……第二篇是描寫一個無為的理想主義者的沒落。」雖然他也說明「這兩篇是一類的東西，就把他們作連續的小說看，也未始不可的」，但我想還不如綜括的說，這集內所描寫是青年的現代的苦悶，似乎更為確實。

生的意志與現實之衝突是這一切苦悶的基本；人不滿足於現實，而後復不肯遁於空虛，仍就這堅冷的現實之中，尋求其不可得的快樂與幸福。現代人的悲哀與傳奇時代的不同者即在於此。

理想與實社會的衝突當然也是苦悶之一，但我相信他未必能完全獨立，所以《南歸》的主人公的沒落與《沉淪》的主人公的憂鬱病終究還是一物。著者在這個描寫上實在是很成功了。所謂靈肉的衝突原只是說情欲與迫壓的對抗，並不含有批判的意思，以為靈優而肉劣；老實說來超凡入聖的思想倒反於我們凡夫覺得稍遠了，難得十分理解，譬如中古詩裡的「柏拉圖的愛」，我們如不將他解作性的崇拜，便不免要疑是自欺的飾詞。

我們賞鑑這部小說的藝術地寫出這個衝突，並不要他指點出那一面的勝利與其寓意。他的價值在於非意識的展覽自己，藝術地寫出升化的色情，這也就是真摯與普遍的所在。至於所謂猥褻部分，未必損傷文學的價值；即使或者有人說不免太有東方氣，但我以為倘在著者覺得非如此不能表現他的氣分，那麼當然沒有可以反對的地方。但在《留東外史》，其價值本來只足與《九尾龜》相比，卻不能援這個例，因為那些描寫顯然是附屬的，沒有重要的意義，而且態度也是不誠實的。《留東外史》終是一部「說書」，而《沉淪》卻是一件藝術的作品。

我臨末要鄭重的聲明，《沉淪》是一件藝術的作品，但他是「受戒者的文學」（Literature for the initiated），而非一般人的讀物。有人批評波特來耳的詩說，「他的幻景是黑而可怖的。他的著作的大部分頗不適合於少年與蒙昧者的誦讀，但是明智的讀者卻能從這詩裡得到真正稀有的力。」這幾句話正可以移用在這裡。

在已經受過人生的密戒，有他的光與影的性的生活的人，自能從這些書裡得到稀有的力，但是對於正需要性的教育的「兒童」們卻是極不適合的。還有那些不知道人生的嚴肅的人們也沒有誦讀的資格，他們會把阿片去當飯吃的。關於這一層區別，我願讀者特別注意。

著者曾說，「不曾在日本住過的人，未必能知這書的真價。對於文藝無真摯的態度的人，沒有批評這書的價值。」我這些空泛的閒話當然算不得批評，不過我不願意人家憑了道德的名來批判文藝，所以略述個人的意見以供參考，至於這書的真價，大家知道的大約很多，也不必再要我來多說了。

王爾德童話

近來見到穆木天先生選譯的《王爾德童話》，因此想就「文學的童話」略說幾句。

普通的童話是「原始社會的文學」。我在答趙景深先生童話的討論書上說，「原始社會的故事普通分作神話傳說童話三種。神話是創世以及神的故事，可以說是宗教的；傳說是英雄的戰爭與冒險的故事，可以說是歷史的。童話的實質也有許多與神話傳說共通，但是有一個不同點，便是童話沒有時與地的明確的指定，又其重心不在人物而在事件，因此可以說是文學的。」

但是這種民間童話雖然也是文學，卻與所謂文學的童話很有區別：前者是民眾的，傳述的，天然的；後者是個人的，創作的，人為的；前者是「小說的童年」，後者是小說的化身，抒情與敘事的合體。記錄民間童話的人是民俗學者，德國的格林（Grimm）兄弟是最著名的例；創作文學的童話的是文人，王爾德便是其中之一人。

英國安特路蘭在《文學的童話論》裡說，「童話是文學的一種形式，原始地古舊，而又有回復他的少年的無限的力。老婆子的故事，關於一個男孩子與一個女孩子，以及一個凶很的繼母，關於三個冒險的兄弟，關於友誼的或者被禁厭的獸，關於魔法的兵器與指環，關於巨人與吃人的種族的故事，是傳奇的小說的最古的形式。

「開化的民族把這些小孩子氣的說話修飾成重要的傳奇的神話，如﹝取金羊毛的﹞亞爾戈船，以及赫拉克來思與阿迭修思的傳說。未開化的種族如阿及貝威，愛思吉摩與薩摩亞人，保存這老婆子的故事，形式沒有那樣高雅，或者因此卻更與原來的形式相近。歐洲的鄉里人保留這故事的形式，近於野蠻民族的而與希臘相差更多；到後來文人隨從民間傳述中採用了這種故事，正如他們的採用寓言一般。」

婆羅門教與佛教的經典，中古基督教的傳道書裡，早已利用了民間傳說去載他們的教義，但其本意只是宗教的教訓的，並沒有將他當作文學看待。這種新的傾向起於十七世紀之末，法國的貝洛爾（Perrault）可以說是這派的一個開創者。

他於一六九七年刊行他的《鵝母親的故事》，在童話文學上闢了一個新紀元；但是他這幾篇小傑作雖然經過他的藝術的剪裁，卻仍是依據孩兒房的傳統，所以他的位置還是在格林兄弟這一邊，純粹的文學的童話界的女王卻不得不讓給陀耳諾夫人（Madam d'Aulnoy）了。她的四十一冊的《仙靈的宮廷》真可以說是仙靈故事的大成，雖然流行於後世的只有《白貓》等若干篇，她只要得到傳說裡的一點提示，便能造出鮮明快活的故事，充滿著十八世紀的宮廷的機智。

以後這派童話更加發達，確定為文學的一支，在十九世紀裡出了許多佳作，如英國庚斯來的《水孩兒》，拉斯庚的《金河之王》，麥陀那耳特的《夢幻家》，加樂耳的《阿麗思》等都是。

丹麥的安徒生更是不消說了，「他在想像上與原始的民間的幻想如此相似，與童年的心的秘密如此相近。」戈斯說，「安徒生的特殊的想像使他格外和兒童的心思相親近。小兒正如野蠻人，於一切不調和的思想分子，毫不介意，容易承受下去；安徒生的技術大半就在這裡，他能很巧妙的把幾種毫不相干的思想，聯結在一起。」因為他是詩人，又是一個「永久的孩子」，所以在文學的童話上是沒有人能夠及得上的，正如蘭氏所說，他的《錫兵》和《醜小鴨》等才是真正的童話。

王爾德的《石榴之家》與《幸福王子》兩卷書卻與安徒生的不同，純粹是詩人的詩，在這一點上頗與法國孟代的《紡輪的故事》相似。

王爾德和孟代一樣，是頹廢的唯美主義的人，但孟代在他的故事裡明顯的表示出快樂主義的思想，王爾德的又有點不同。這九篇都是「空想的童話，中間貫穿著敏感而美的社會的哀憐，恰如幾幅錦繡鑲嵌的織物，用一條深紅的線堅固地綴成一帖」（據亨特生著《人生與現代精神的解釋者》）。

王爾德的文藝上的特色，據我想來是在於他的豐麗的辭藻和精煉的機智，他的喜劇的價值便在這裡，童話也是如此；所以安徒生童話的特點倘若是在「小兒說話一樣的文體」，那麼王爾德的特點可以說是在「非小兒說話一樣的文體」了。因此他的童話是詩人的，而非是兒童的文學；因為在近代文藝上，童話只是文學的一種形式，內容盡多變化，如王爾德孟代等的作品便是這文學的童話的最遠的變化的一例了。

以上關於王爾德童話的一點意見，譯者在序裡也已約略說及，我現在只是略加說明罷了。譯者在原本九篇裡選了《漁夫與他的魂》，《鶯兒與玫瑰》，《幸福王子》，《利己的巨人》與《星孩兒》這五篇，對於這個選擇我也完全同意。

關於譯文我沒有什麼話說，不過覺得地名的譯義似乎還有可商的地方。如《利己的巨人》裡的「穀牆地方的食人鬼」一句裡的「穀牆」，現在雖然是稱作康瓦爾（Cornwall）可以作這兩個字解，但據貝林戈爾特的《康瓦爾地志》說，這個名稱起於十世紀，當時讀作科倫威勒思（Cornweales），意云（不列顛的）角上的威爾士人。

這本來不過是些小事，但使我最不滿意的卻是紙張和印工的太壞，在看慣了粗紙錯字的中國本來也不足為奇，但看到王爾德的名字，聯想起他的主張和文筆，比較攤在眼前的冊子，禁不住發生奇異之感。我們並不敢奢望有什麼插畫或圖案，只求在光潔的白紙上印著清楚的黑字便滿足了，因為粗紙錯字是對於著者和譯者——即使不是對於讀者——的一種損害與侮辱。

你往何處去

波蘭顯克微支的名作《你往何處去》，已由徐炳昶喬曾劬二君譯成中國語了，這是一件很可喜的事。

顯克微支在本國的聲名，第一是革命家，第二是小說家；小說中的聲名，又以短篇居第一，歷史小說居第二。但在外國恰是相反，大家只知道他是小說家，是歷史小說家，而且歷史小說之中又最推賞這部「描寫當希臘羅馬文明衰頹時候的社會狀況和基督教的真精神」的《你往何處去》，至於描寫波蘭人的真精神的《火與劍》等三部作卻在其次了。

就藝術上講，那三部作要較為優勝，因為他做《你往何處去》雖然也用該博精密的文化史知識作基本，但他描寫裡邊的任何人，都不能像在三部曲裡描寫故國先人的樣子，將自己和書中人物合一了去表現他，其次則因為寄託教訓，於藝術便不免稍損了。但大體上總是歷史小說中難得的佳作，波蘭以外的國民把這部書認為顯克微支的最大的著作，卻也是當然的了。

這部書是表揚基督教的真精神的，但書中基督教徒的描寫都不很出色，黎基與維尼胥的精神的戀愛是一件重要的插話，可是黎基的性格便很朦朧的幾乎沒有獨立的個性，克洛福特在《外國文學之研究》上說，「黎基是小說裡的一個定型的基督教處女，她的命運是從獅子圈裡被救出來，」可以算是確當的評語。

在全書裡寫得最好，又最能引起我們的同情的，還是那個「豐儀的盟主」俾東。他是一個歷史上有名人物，據撻實圖的歷史裡說，「他白天睡覺，夜裡辦事及行樂。別人因了他們的勤勉得成偉大，他卻游惰而成名，因為他不像別的浪子一樣，被人當作放蕩的無賴子，但是一個奢華之專門學者（Erudito Luxu）。」

撻實圖生於奈龍朝，所說應該可信的。就俾東的生活及著作（現存的《嘲笑錄》的一部分）看來，他確是近代的所謂頹廢派詩人的祖師，這是使現代人對於他覺得有一種同情的緣故，其實那時羅馬朝野上多是頹廢派氣味的人，便是奈龍自己也是，不過他們走到極端去了，正如教徒之走向那一個極端，所以發生那樣的衝突。

在或一意義上兩方都可以說是幸福者，只有在這中間感到靈肉的衝突，美之終生的崇拜者，而又感知基督教的神秘之力的，如俾東那樣的人，才是最可同情，因為這也是現代人所同感的情況了。顯克微支自己大約也就多少如此，只是心裡深固的根蒂牽挽他稍偏於這一面，正如俾東的終於偏在異教那一面罷了。

《你往何處去》中有幾段有名的描寫，如第一篇第一章記俾東在浴室裡的情形，使我們可以想見他的生活；第三篇第十一章（譯本）的寫教徒的被虐殺，第十七章的虞端斯拗折牛頸，救出黎基，很有傳奇的驚心動魄的力量；至於卷末彼得見基督的半神話的神秘，俾東和哀尼斯情死的悲哀而且旖旎，正是極好的對比。

顯克微支的歷史小說，本來源出司各得，但其手法決不下於司各得，這便是在《你往何處去》中也可以看出來的。徐喬二君的譯本據序裡所說是以直譯為主的；我們平常也主張直譯，但是世間懷疑的還很多，現在能有這樣的好成績，可以證明直譯的適用，實在是很可尊重的。卷首有一篇深切著明的序言，也是難得的；俗語說，會看書的先看序，現在可以照樣的說，要知道書的好否，只須先看序。譯著上邊，有一篇好的序言，這是我們所長久期待而難得遇到的事。

對於這個譯本要說美中不足，覺得人名音譯都從法國讀法，似乎不盡適當。譬如 **Petronius** 譯作彼得羅紐思或者未免稍煩，但譯作俾東，也太省略。我想依了譯本文體的精神，也應用全譯的人名才覺相稱。希臘羅馬人名本來歐洲各國都照本國習慣去寫讀，德國一部分的學者提倡改正，大家多以為迂遠，但我個人意見卻以為至有道理。其次，則原書所據法國譯本，似有節略。據說英譯顯克微支著作，以美國寇丁（Curtin）的足譯本為最善，兩相比較，英譯還更多一點，第三篇分章也不相同，計有三十一章。在外國普通譯本，對於冗長之作加以節略，似亦常有，無傷大體，或者於普及上還可以有點效用，不過我們的奢望，不免得了隴又要望蜀罷了。

魔俠傳

我好久沒有讀古文譯本的小說了，但是這回聽說林紓、陳家麟二君所譯的《魔俠傳》是西班牙西萬提司的原作，不禁起了好奇心，搜求來一讀，原來真是那部世界名著 Don Quixote（《吉訶德先生》）的第一分，原本五十二章，現在卻分做四段了。

西萬提司（Miguel de Cervantes 1547—1616）生於西班牙的文藝復興時代，本是一個軍人，在土耳其戰爭裡左手受傷成了殘廢，歸途中又為海賊所擄，帶往非洲做了五年苦工；後來在本國做了幾年的收稅官，但是官俸拖欠拿不到手，反因稅銀虧折，下獄追比，到了晚年，不得不靠那餘留的右手著書度日了。他的著作，各有相當的價值，但其中卻以《吉訶德先生》為最佳，最有意義。

據俄國都蓋涅夫在《吉訶德與漢列忒》一篇論文裡說，這兩大名著的人物實足以包舉永久的二元的人間性，為一切文化思想的本源；吉訶德代表信仰與理想，漢列忒（**Hamlet**）代表懷疑與分析；其一任了他的熱誠，勇往直前，以就所自信之真理，雖犧牲一切而不惜；其一則憑了他的理知，批評萬物，終於歸到只有自己，但是對於這唯一的自己也不能深信。

這兩種性格雖是相反，但正因為有他們在那裡互相撐拒，文化才有進步，《吉訶德先生》書內便把積極這一面的分子整個的刻畫出來了。在本書裡邊，吉訶德先生（譯本作當塊克蘇替）與從卒山差邦札（譯本作山差邦）又是一副絕好的對照：吉訶德是理想的化身，山差便是經驗的化身了。

山差是富於常識的人，他的跟了主人出來冒險，並不想得什麼遊俠的榮名，所念念不忘者只是做海島的總督罷了；當那武士力戰的時候，他每每利用機會去喝一口酒，或是把「敵人」的糧食裝到自己的口袋裡去。他也知道主人有點風顛，知道自己做了武士的從卒的命運除了被捶以外，是不會有什麼好處的，但是他終於遍歷患難，一直到吉訶德回家病死為止。

都蓋涅夫說，「本來民眾常為運命所導引，無意的跟著曾為他們所嘲笑，所詛咒，所迫害的人而前去，」或者可以作一種說明。至於全書的精義，著者在第二分七十二章裡說得很是明白：主僕末次回來的時候，山差望見村莊便跪下祝道，「我所懷慕的故鄉，請你張開眼睛看他回到你這裡來了，——你的兒子山差邦札，他身上滿是鞭痕，倘若不是金子。請你又張了兩臂，接受你的兒子吉訶德先生，他來了，雖然被別人所敗，卻是勝了自己了。據他告訴我，這是一切勝利中人們所最欲得的（大）勝利了……」這一句話不但是好極的格言，也就可以用作墓碑，紀念西班牙與其大著作家的辛苦而光榮的生活了。

《吉訶德先生》是一部「擬作」（Parody），諷刺當時盛行的遊俠小說的，但在現今這只是文學史上的一件史實，和普通賞鑑文藝的沒有什麼關係了。全書凡一百八章，在現時的背景裡演荒唐的事蹟，用輕妙的筆致寫真實的性格，又以快活健全的滑稽貫通其間，所以有永久的生命，成為世界的名著，他在第二分的序信上（一六一六年，當明朝萬曆末年）遊戲的說道，中國皇帝有信給他，叫他把這一部小說寄去，以便作北京學校裡西班牙語教科書用。

他這笑話後來成為豫言，中國居然也有了譯本，但是因為我們的期望太大，對於譯本的失望也就更甚，——倘若原來是「白髭拜」（Guy Boothby）一流人的著作，自然沒有什麼可惜。全部原有兩分，但正如《魯濱孫漂流記》一樣，世間往往只取其上半部（雖然下半部也是同樣的好），所以這一節倒還可以諒解。

林君的古文頗有能傳達滑稽味的力量，這是不易得的，但有時也大失敗，如歐文的《拊掌錄》的譯文，有許多竟是惡札了。在這《魔俠傳》裡也不免如此，第十六章（譯本第二段第二章）中云：

「騾夫在客店主人的燈光下看見他的情人是怎樣的情形（案指馬理多納思被山差所打），便捨了吉訶德，跑過去幫助她。客店主人也跑過去，雖然是懷著不同的意思，因為他想去懲罰那個女人，相信她是這些和諧的唯一的原因。正如老話（案指一種兒童的複疊故事）裡所說，貓向老鼠，老鼠向繩，繩向棍子，於是騾夫打山差，山差打女人，女人打他，客店主人打她，大家打得如此活潑，中間不容一剎那的停頓。」

漢譯本上卻是這幾句話：

「而肆主人方以燈至，驢夫見其情人為山差邦所毆，則捨奎沙達，奔助馬累托，奎沙達見驢夫擊其弟子，亦欲力疾相助，顧不能起肆主人見狀。知釁由馬累托，則力蹴馬累托，而驢夫則毆山差邦，而山差邦亦助毆馬累托。四人紛糾，聲至雜亂。」

至於形容馬理多納思（即馬累托）的一節，兩本也頗有異同，今並舉於下：

「這客店裡唯一的僕役是一個亞斯都利亞地方的姑娘，有一個寬闊的臉，平扁的後顱，塌鼻子，一隻眼斜視，那一隻也不平正，雖然她的身體的柔軟可以蓋過這些缺點，因為她的身長不過七掌（案約四尺半），兩肩頗肥，使她不由的不常看著地面。」（以上並據斯密士一九一四板英譯本）

「此外尚有一老嫗，廣額而豐頤，眇其一目，然頗捷，蓋自頂及踵，不及三尺肩博而厚，似有肉疾自累其身。」（林譯本一之二）

這一類的例，舉起來還很多，但是我想這個責任，口譯者還須擔負大半，因為譯文之不信當然是口譯者之過，正如譯文之不達不雅——或太雅——是筆述者之過一樣。他們所用的原本似乎也不很好，大約是一種普通刪改本。英譯本自十七世紀以來雖然種類頗多，但好的也少；十九世紀末的阿姆斯比

（Ormsby）的四卷本，華支（Watts）的五卷本，和近來的斯密士（Smith）的一卷本，算是最為可靠，只可惜不能兼有陀勒（Dore）的插畫罷了。

愛西萬提司的人，會外國文的都可以去得到適當的譯本（日本也有全譯），不會的只得去讀這《魔俠傳》，卻也可以略見一斑，因為原作的趣味太豐厚了，正如華支在《西萬提司評傳》中所說，即使在不堪的譯文如莫妥（Motteux）的雜譯本裡，他的好處還不曾完全失掉，所以我說《魔俠傳》也並非全然無用，雖然我希望中國將來會有一部不辱沒原作者的全譯出現。

本文以外，還有幾句閒話。原本三十一章（林譯本三之四）中，安特勒思叫吉訶德不要再管閒事，省得使他反多吃苦，末了說，「我願神使你老爺和生在世上的所有的俠客都倒了楣。」林君卻譯作，「似此等俠客在法宜駢首而誅，不留一人以害社會」，底下還加上兩行小注道，「吾於黨人亦然。」這種譯文，這種批註，我真覺得可驚，此外再也沒有什麼可說了。

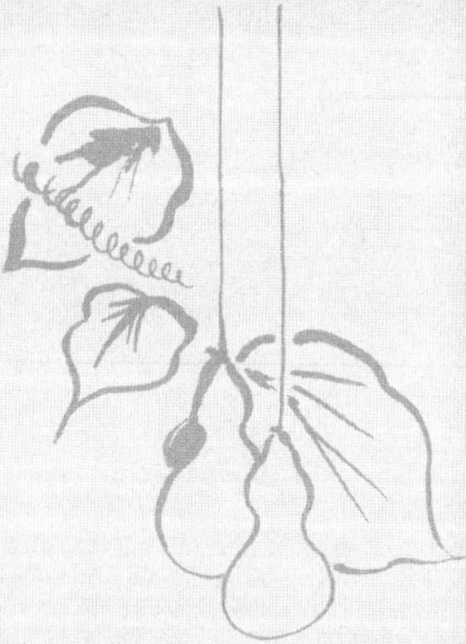

第二卷 綠洲

一九二三年一月至七月

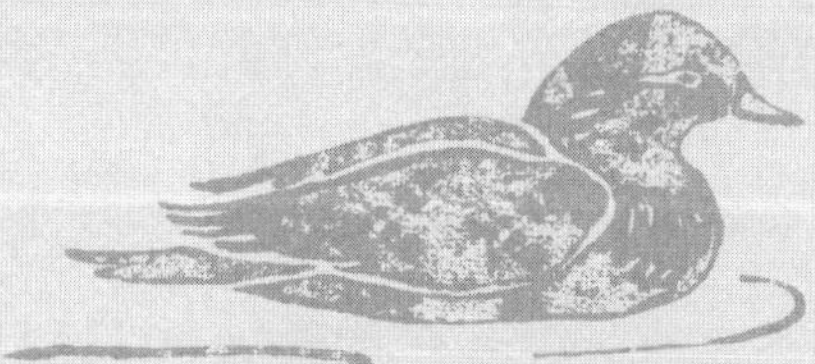

除了食息以外，一天十二小時，即使在職務和行路上消費了七八時，也還有四五時間可以供自己的讀書或工作。但這時候卻又有別的應做的事情：寫自己所不高興作的文章，翻閱不願意看的書報，這便不能算是真的讀書與工作。

沒有自己私有的工夫，可以如意的處置，正是使我們的生活更為單調而且無聊的地方。然而偶然也有一兩小時可以閒散的看書，而且所看的書裡也偶然有一兩種覺得頗愜心目，彷彿在沙漠中見到了綠洲（Oasis）一般，疲倦的生命又恢復了一點活氣，引起執筆的興趣，隨意寫幾句，結果便是這幾篇零碎的隨筆。

一九二三年，一月二十日。

鐔百姿

近來所見最有趣味的書物之一，是日本大熊喜邦所編的《鐔百姿》，選擇古劍鐔圖案，用玻璃板照原形影印，凡百張，各加以說明。

鐔古訓劍鼻，徐諧注云人握處之下也，相傳為劍柄末端，惟日本用作刃下柄上護手鐵盤之稱。《莊子》說劍凡五事，曰鋒鍔脊鐔夾，未曾說及這一項；大約古時沒有護手，否則所謂劍鼻即指此物，也未可知，因為盾鼻印鼻瓜鼻都是譬喻，指隆起之處，不必有始末之意思，執了「鼻猶初也」的話去做解釋，未免有點穿鑿。

中國近代刀劍的護手，至少據我們所見，都沒有什麼裝飾，日本的卻大不相同，大抵用金屬鑲嵌，或是雕鏤。《鐔百姿》中所收的都是透雕鐵鐔，可以代表其中最重要的一部分。鐔作圓形，徑約二寸五分，正中寸許名切羽台，中開口容劍刃，左右又有二小孔曰櫃穴；圖案便以切羽台為中心，在圓周之中巧為安排，頗與鏡背花紋相似，唯鏡紋多用幾何形圖案，又出於鑄造，鐔則率用自然物，使圖案化，亦有頗近於寫實者，意匠尤為奇拔，而且都是手工雕刻，更有一種特別的風致。

我反覆的看過幾遍，覺得有不盡的趣味。這種小工藝美術品最足以代表國民的藝術能力，所以更可注意。他的特色，正如編者所說，在能於極小的範圍中滿裝豐富的意匠，這的確是難能可貴的事。

中國講藝術，每每牽聯到道德上去，彷彿藝術的價值須得用道德，——而且是最偏隘的舊道德的標準去判定才對，有人曾說只有忠臣孝子的書畫是好美術，凡不曾殉難或割股的人所寫的便都沒有價值。照這個學說講來，那麼鐔的雕刻確是不道德的藝術品，因為他是刀劍上的附屬品，而刀劍乃是殺人的凶器，——要說是有什麼用處，那只可以用作殺伐的武士道的贓證罷了。不過這是「忠臣美術」的學說，在中國雖然有人主張，其實原是不值一駁的笑話，引來只是「以供一笑」。

人的心理無論如何微妙，看著鐔的雕刻的時候，大約總不會離開了雕刻，想到有鐔的劍以至劍之殺人而起了義憤，回過來再恨那鐔的雕刻。在大反動時代，這樣的事本來也常遇見，對於某一種制度或階級的怨恨往往釀成藝術的大殘毀，如衛道者之燒書毀像，革命黨之毀王朝舊跡，見於中外歷史；他們的熱狂雖然也情有可原，但總是人類還未進步的證據。

羅素說，「教育的目的在使心地寬廣，不在使心地狹隘。」（據一月十五日《學燈》譯文）人只為心地狹隘，才有這些謬誤；倘若寬廣了，便知道鐔不是殺伐，經像宮殿不是迷信和專制的本體了。我看了《鐔百姿》而推想到別人的誤會，也可謂未免以小人之心度人了，但恐中國未必缺乏這派的批評家，所以多寫了這一節。

法布耳昆蟲記

法國法布耳所著的《昆蟲記》共有十一冊，我只見到英譯《本能之驚異》，《昆蟲的戀愛與生活》，《蟓蟲的生活》和從全書中摘輯給學生讀的《昆蟲的奇事》，日本譯《自然科學故事》，《蜘蛛的生活》以及全譯《昆蟲記》第一卷罷了。在中國要買外國書物實在不很容易，我又不是專門家，積極的去收羅這些書，只是偶然的遇見買來，所以看見的不過這一點，但是已經盡夠使我十分佩服這「科學的詩人」了。

法布耳的書中所講的是昆蟲的生活，但我們讀了卻覺得比看那些無聊的小說戲劇更有趣味，更有意義。他不去做解剖和分類的工夫（普通的昆蟲學裡已經說的夠了），卻用了觀察與試驗的方法，實地的紀錄昆蟲的生活現象，本能和習性之不可思議的神妙與愚蒙。

我們看了小說戲劇中所描寫的同類的運命，受到深切的銘感，現在見了昆蟲界的這些悲喜劇，彷彿是聽說遠親——的確是很遠的遠親——的消息，正是一樣迫切的動心，令人想起種種事情來。他的敘述，又特別有文藝的趣味，更使他不愧有昆蟲的史詩之稱。戲劇家羅斯丹（Rostand）批評他說，「這個大科學家像哲學者一般的想，美術家一般的看，文學家一般的感受而且抒寫」，實在可以說是最確切的評語。默忒林克（Maeterlinck）稱他為「昆蟲的荷馬」，也是極簡明的一個別號。

法布耳（Jean Henri Fabre 1823—1914）的少年生活，在他的一篇《愛昆蟲的小孩》中說的很清楚，他的學業完全是獨習得來的。他在鄉間學校裡當理化隨後是博物的教師，過了一世貧困的生活。他的特別的研究後來使他得了大名，但在本地不特沒有好處，反造成許多不愉快的事情。同僚因為他的博物講義太有趣味，都妒忌他，叫他做「蒼蠅」，又運動他的房東，是兩個老姑娘，說他的講義裡含有非宗教的分子，把他趕了出去。許多學者又非難他的著作太淺顯了，缺少科學的價值。

法布耳在《荒地》一篇論文裡說，「別的人非難我的文體，以為沒有教室裡的莊嚴，不，還不如說是乾燥。他們恐怕一頁書讀了不疲倦的，未必含著真理。據他們說，我們的說話要晦澀，這才算是思想深奧。你們都來，你們帶刺者，你們蓄翼著甲者，都來幫助我，替我作見證。告訴他們，我的對於你們的密切的交情，觀察的忍耐，記錄的仔細。你們的證據是一致的：是的，我的書冊，雖然不曾滿裝著空虛的方式與博學的胡謅，卻是觀察得來的事實之精確的敘述，一點不多，也一點不少；凡想去考查你們事情的人，都能得到同一的答案。」

他又直接的對著反對他的人們說，「倘若我為了學者，哲學家，將來想去解決本能這個難問題的人而著述，我也為了而且特別為了少年而著述；我想使他們愛那自然史，這就是你們使得他們如此厭惡的；因此，我一面仍舊嚴密的守著真實，卻不用你們的那科學的散文，因為那種文章有時似乎是從伊羅瓜族的方言借用來的！」

我們固然不能菲薄純學術的文體，但讀了他的詩與科學兩相調和的文章，自然不得不更表敬愛之意了。

小孩子沒有不愛生物的。幼時玩弄小動物，隨後翻閱《花鏡》，《格致鏡原》和《事類賦》等書找尋故事，至今還約略記得。見到這個布羅凡斯（Provence）的科學的詩人的著作，不禁引起舊事，羨慕有這樣好書看的別國的少年，也希望中國有人來做這翻譯編纂的事業，即使在現在的混亂穢惡之中。

猥褻論

藹理斯（Havelock Ellis）是現代英國的有名的善種學及性的心理學者，又是文明批評家。所著的一卷《新精神》（The New Spirit），是世界著名的文藝思想評論。近來讀他的《隨感錄》（Impressions and Comments, 1914），都是關於藝術與人生的感想，範圍很廣，篇幅不長，卻含蓄著豐富深邃的思想；他的好處，在能貫通藝術與科學兩者而融和之，所以理解一切，沒有偏倚之弊。現在譯述他的一篇論文藝上之猥褻的文章，作為他思想的健全的一例。

「四月二十三日（一九一三），我今天（在報紙上）看見判事達林在總結兩造供詞的時候對陪審官說，他『不能夠念完拉布來（Rabelais）的一章書而不困倦得要死。』這句話裡的意義似乎是說拉布來是一個猥褻的作家。至於其中的含蓄似乎是說在那法官一樣的健全地端正而且高等的心裡看來，猥褻的東西只是覺得無聊罷了。

「我引這句話，並不當作一種乖謬的言行，只因為他實在是代表的。我彷彿記得年幼的時候，曾經很用心的讀麥考來的論文，在那裡也見到很相像的話，雖然並不含蓄著相像的深意。我那時便去把拉布來買來，親自檢查，卻發見了拉布來是一個大哲學家，這個發見並不是從麥考來那邊得來的，所以我以為是我的獨得；過了幾年偶然遇見辜勒律己的議論，說及拉布來的可驚的哲學的才能和他的優雅高尚的道德，我才曉得自己不是孤立，感到一種不能忘記的喜悅。

「這似乎很是的確的：在文藝上有猥褻的分子出現的時候，——我說猥褻這個字是用在沒有色彩的，學術的意思上，表示人生的平常看不見的那一面，所謂幕後的一面，並不含有什麼一定不好的意味，——在大半數的讀者這便立刻佔據了他的全個的視野。讀者對於這個或者喜歡或者不喜歡，但是他的反應似乎非常強烈，倘若是英國人尤甚，以至就吸收了他們的精神活動的全體。——我說『倘若是英國人尤甚』，因為這種傾向雖是普遍的，在盎格盧梭遜人的心裡卻特別有力。『法國女優』伽比特斯利曾說在倫敦舞臺上，做出一種單想引起娛樂的動作，往往只得到看客的非常莊重的神氣，覺得很是惶惑：『我著緊身褲上場的時候，觀眾似乎都屏住氣了！』——因此那種書籍不是秘密沉默的被珍重，便是高聲的被反對與罵詈。

「這個反應不但限於愚蒙的讀者，他還影響到常人，以及有智識的高等的人，有時還影響到偉大的文學家。這書或者是一個大哲學家所著，包含著他的最深的哲學，只要有一個猥褻的字出現在裡邊，這一個字便牽引了各國讀者的注意。所以沙士比亞曾被當作猥褻的作家，必需經過刪節，或者在現今還是被人這樣看待，雖然在我們端淑的現代讀者的耳朵裡，覺得猥褻的文句實在極少，一總收集攏來不過只是一頁罷了。所以即使是那聖書，基督教徒的天啟之書，也被合法的宣告為猥褻。這或者是合理的判決，因為合法的判決一定應當代表公眾的意見；法官必須是合法的，無論他是否公正。

「我們不明白，這有多少是由於缺陷的教育，因此是可以改變的，或者多少是出於人心的一種可以消除的傾向。猥褻的形式當然因了時代而變化，他是每日都在變化的。有許多在古羅馬人以為猥褻的，我們看了並不如此，有許多在我們以為猥褻的，羅馬人見了將要笑我們的簡單了。但是野蠻人有時也有在原始的善良社會上不應說的猥褻話，有一種很是嚴密的禮法，犯了這禮法便算是猥褻。在他那部不朽的著作上，拉布來穿著一件奇異而華麗的，的確有很猥褻的質地的衣服，因此把曾經生在世上的最大最智的精神之一，從俗眼的前面隱藏過了，大約他自己正是希望這樣的。

「我覺得很是愉快，想到將來或有一日，在這樣快活勇敢而且深邃的把人生整個地表示出來，又以人生為甘美的人們的面前，平常的人都將本能地享樂這個影像，很誠敬的，即使不跪下去，要感謝他的神給與他這個特權。但是人還不能深信將來就會如此。」

關於伽比特斯利的演藝，藹理斯在十月二十二日的一條下寫著很好的評論，巴黎式的自由的藝術，到了倫敦經紳士們的干涉便惡化了，躲躲閃閃的反加上了許多卑猥的色彩。

「在這淫佚與端淑之巧妙的混合裡面，存著一種不愉快，苦痛而且使人墮落的東西。觀眾倘若一加思想，便當明白在這平常的演藝中間，他們的感情是很卑劣的被玩弄了，而且還加上一層侮辱的防範，這是只適用於瘋人院，而不適於當然自能負責的男女的。末了，人就不得不想，這還不如看在舞臺上的，是的，在舞臺上的純粹裸體，要更多有使人清淨高尚的力量。」這一節話很可以說明假道學的所以不道德的地方，因為那種反抗實在即是意志薄弱易受誘惑的證據。藹理斯竭力排斥這種的端淑正是他的思想健全的緣故，在《新思想》中極傾倒於惠特曼，也就因為他是同拉布來一樣的能夠快活勇敢而且深邃的把人生整個地表示出來，雖然在美國也被判決為猥褻而革去了他的職務。

文藝與道德

英國的藹理斯不是專門的文藝批評家，實在是一個科學家，性的心理學之建設者，但他也作有批評文藝的書。因為如上邊所說，他毫無那些專門「批評家」的成見與氣焰，不專在瑣屑的地方吹求，——卻純從大處著眼，用了廣大的心與緻密的腦估量一切，其結果便能說出一番公平話來，與「批評家」之群所說的迥不相同，這不僅因為他能同時理解科學與藝術，實在是由於精神寬博的緣故。

讀他所著的《新精神》，《斷言》，《感想錄》以至《男女論》，《罪人論》，《性的心理研究》和《夢之世界》，隨處遇見明智公正的話，令人心悅誠服。先前曾從《感想錄》中抄譯一節論猥褻的文章，在「綠洲」上介紹過，現在根據《斷言》（Affirmations 1898）再抄錄他的一點關於文藝與道德的意見。《斷言》中共有六篇文章，是分論尼采，凱沙諾伐（Casanova），左拉，許斯曼（Huysmans），聖弗蘭西思的，都是十分有趣的題目，一貫的流通著他那健全清淨的思想。現在所引卻只是凱沙諾伐與左拉兩章裡的話。

凱沙諾伐是十八世紀歐洲的一個著名不道德的人物，因為他愛過許多許多的婦人，而且還留下一部法文日記，明明白白的紀述在上面，發刊的一部分雖然已經編者的「校訂」還被歸入不道德文書項下，據西蒙士（Symons）在《數世紀的人物》中所說，對於此書加以正當的批判者——至少在英美——只有藹理斯一人。

凱沙諾伐雖然好色，但他決不是玩弄女性的人。「他完全把握著最近性的心理學者所說的『求愛的第二法則』，便是男子不專圖一己之滿足而對於女子的身心的狀態均有殷勤的注意。在這件事上，凱沙諾伐未始不足給予現在最道德的世紀裡的許多賢夫的一個教訓。他以所愛婦女的悅樂為悅樂而不耽於她們的供奉，她們也似乎懇摯的認知他的愛術的工巧。凱沙諾伐愛過許多婦女，但不曾傷過幾個人的心。……一個道德纖維更細的人不會愛這許多女人，道德纖維更粗的人也不能使這許多女人仍是幸福。」這可以說是確當的批語。

但凱沙諾伐日記價值還重在藝術的一方面，據藹理斯說這是一部藝術的好書，而且很是道德的。

「淑本好耳（Schopenhauer）有一句名言，說我們無論走人生的那一條路，在我們本性內總有若干分子，須在正相反對的路上才能得到滿足；所以即使走任何道路，我們總還是有點煩躁而且不滿足的。在淑本好耳看來，這個思想是令人傾於厭世的，其實不必如此。我們愈是綿密的與實生活相調和，我們裡面的不用不滿足的地面當然愈是增大。但正是在這地方，藝術進來了。

「藝術的效果大抵在於調弄這些我們機體內不用的纖維，因此使他們達到一種諧和的滿足之狀態，——就是把他們道德化了，倘若你願意這樣說。精神病醫生常述一種悲慘的風狂病，為高潔的過著禁欲生活的老處女們所獨有的。她們當初好像對於自己的境遇很滿意，過了多少年後，卻漸顯出不可抑制的惱亂與色情衝動；那些生活上不用的分子，被關閉在心靈的窖裡，幾乎被忘卻了，終於反叛起來，喧擾著要求滿足，古代的狂宴——基督降誕節的臘祭，聖約翰節的中夏祭，——都證明古人很聰明的承認，日常道德的實生活的約束有時應當放鬆，使他不至於因為過緊而破裂。

「我們沒有那狂宴了，但我們有藝術替代了他。我們的正經的主母不復遣發女兒們拿著火把在半夜裡往山林中去，在那裡跳舞與酒與血將給她們以人生秘密之智識；現在她卻帶了女兒們看『忒列斯丹』（Tristan）去，——幸而不能看徹那些小心地養大的少年心靈在那時是怎樣情形。

「藝術的道德化之力，並不在他能夠造出我們經驗的一個怯弱的模擬品，卻在於他的超過我們經驗以外的能力，能夠滿足而且調和我們本性中不曾充足的活力。藝術對於鑑賞的人應有這種效力，原也不足為奇；如我們記住在創作的人藝術正也有若干相似的影響。或評畫家瓦妥（Watteau）云蕩子精神，賢人行徑。摩訶末那樣放佚地描寫天國的黑睛仙女的時候，還很年青，是一個半老女人的品行端正的丈夫。

『唱歌是很甜美；但你要知道，
嘴唱著歌，只在他不能親吻的時候。』

「曾經有人說瓦格納（Wagner），在他心裡有著一個禁欲家和一個好色家的本能，這兩種性質在使他成大藝術家上面都是一樣的重要。這是一個很古的觀察，那最不貞潔的詩是最貞潔的詩人所寫，那些寫得最清淨的人卻生活得最不清淨。在基督教徒中也正是一樣，無論新舊宗派，許多最放縱的文學都是教士所作，並不因為教士是一種墮落的階級，實在只因他們生活的嚴正更需這種感情的操練罷了。

「從自然的觀點說來，這種文學是壞的，這只是那猥褻之一種形式，正如許思曼所說唯有貞潔的人才會做出的；在大自然裡，欲求急速地變成行為，不留什麼痕跡在心上面，或一程度的節制──我並不單指關於性的事情，並包括其他許多人生的活動在內，──是必要的，使欲求的夢想和影像可以長育成為藝術的完成的幻景。但是社會的觀點卻與純粹的自然不同。在社會上，我們不能常有容許衝動急速而自由地變成行為的餘地；為要免避被迫壓的衝動之危害起見，把這些感情移用在更高上穩和的方面卻是要緊了。

「正如我們需要體操以伸張和諧那機體中不用的較粗的活力一樣，我們需要美術文學以伸張和諧那較細的活力，這裡應當說明，因為情緒大抵也是一種肌肉作用，在多少停頓狀態中的動作，所以上邊所說不單是普通的一個類似。

從這方面看來，藝術正是情緒的操練。像凱沙諾伐日記一類的書，是這種操練中的重要部分。

「這也會被濫用，正如我們賽跑的或自轉車手的過度一樣；但有害的是濫用，並不是利用。在文明的人為制度之下，鑑賞那些英雄地自然的人物之生活與行事，是一種含有精妙的精神作用的練習。因此這樣的文學具有道德的價值：他幫助我們平安地生活，在現代文明的分化的日程之中。」（原文一一四至一一七）

藹理斯隨後很暢快的加上一句結論。「如有有教化的男子或女子不能從這書裡得到一點享樂，那麼在他必定有點不健全而且異常，——有點徹心地腐敗了的地方。」

左拉的著作，在講道德的宗教家和談「藝術」的批評家看來，都是要不得的，他的自然主義不但淺薄而且有害。不過那些議論不去管他也罷，我們只想一說藹理斯的公正的批語。據他所說造成左拉的文學的有三種原因：第一，他的父系含有希臘義大利的血脈；第二，家庭裡的工學的習慣；第三，最重要的是少年時代貧窮的禁欲生活。

「那個怯弱謹慎的少年——因為據說左拉在少年及壯年時代都是這樣的性質，——同著他所有新鮮的活力被閉關在頂樓上，巴黎生活的全景正展開在他的面前。為境遇及氣質所迫，過著極貞潔清醒的生活，只有一條路留著可以享受。那便是視覺的盛宴。我們讀他的書，可以知道他充分的利用，因為《路剛麥凱耳叢書》中的每冊都是物質的視象的盛宴。

「左拉仍是貞潔，而且還是清醒，但是這早年的努力，想吸取外界的景象聲音以及臭味，終於形成一種定規的方法。劃取人生的一角，詳細紀錄它的一切，又放進一個活人去，描寫他周圍所有景象臭味與聲音，雖然在他自己或者全是不覺的，這卻是最簡單的，做一本『實驗小說』的方劑。這個方法，我要主張，是根據於著者之世間的經驗的。人生只現作景象聲音臭味，進他的頂樓的窗，到他的面前來。」

「左拉對於他同時的以及後代的藝術家的重要供獻，他所給予的激刺的理由，在於他證明那些人生的粗糙而且被忽視的節目都有潛伏的藝術效用。《路剛麥凱耳叢書》，在他的虛弱的同僚看來，好像是從天上放下來的四角縫合的大布包，滿裝著四腳的獸，爬蟲和鳥，給藝術家以及道德家一個訓示，便是世上沒有東西可以說是平凡或不淨的。自此以後，別的小說家因此能夠在以前決不敢去的地方尋到感興，能夠用了強健大膽的文句去寫人生，要是沒有左拉的先例，他們是怕敢用的；然而別一方面，他們還是自由的可以在著作上加上單純精密與內面的經驗，此三者都是左拉所沒有的特色。」

總之左拉「推廣了小說的領域」，即此一事也就足以在文藝史上劃一時期了。

左拉好用粗俗的話寫猥褻的事，為舉世詬病之原因，但這也正是他的一種大的好處。藹理斯說，「推廣用語的範圍不是有人感謝的事，但年長月久，虧了那些大膽地採用強烈而單純的語句的人們，文學也才有進步。英國的文學近二百年來，因為社會的傾向忽視表現，改變或禁用一切有力深刻的文詞，很受了阻礙。倘若我們回過去檢查屈塞，或者就是沙士比亞也好，便可知道我們失卻了怎樣的表現力了。……例如我們幾乎已經失了兩個必要的字『肚』與『腸』，在《詩篇》中本是用得很多而且很巧妙的；我們說『胃』，但這個字不但意義不合，在正經的或詩趣的運用上也極不適宜。

「凡是知道古代文學或民間俗語的人，當能想起同樣的單純有力的語句，在文章上已經消失，並不曾留下可用的替代字。在現代的文章上，一個人只剩了兩截頭尾。因為我們拿尾閭尾為中心，以一尺八寸的半徑——在美國還要長一點——畫一圓圈，禁止人們說及圈內的器官，除了那『打雜』的胃；換言之，便是我們使人不能說著人生的兩種中心的機關（食色）了。

「在這樣境況之下，真的文學能夠生長到什麼地步，這是一個疑問，因為不但文學因此被關出了，不能與人生的要點接觸，便是那些願意被這樣的關出，覺得在社會限定的用語範圍內很可自在的文人，也總不是那塑成大著作家的英勇底質料所造出來的了。

「社會上的用語限定原是有用的，因為我們都是社會的一員，所以我們當有一種保障，以免放肆俗惡之侵襲。但在文學上我們可以自由決定讀自己願讀的書，或不讀什麼（所以言語的放縱並無妨害）；如一個人只帶著客廳裡的話題與言語，懦怯地走進文藝的世界裡去，他是不能走遠的。

「我曾見一冊莊嚴的文學雜誌輕蔑的說，一個女人所作的小說乃論及那些就是男子在俱樂部中也不會談著的問題。我未曾讀過那本小說，但我覺得因此那本小說似乎還可有點希望。文學當然還可以墮落到俱樂部的標準以下去，但是倘若你不能上升到俱樂部的標準以上，你還不如坐在俱樂部裡，在那裡講故事，或者去掃外邊的十字路去。

「……在無論什麼時期，偉大文學沒有不是伴著英勇的，雖然或一時代，可以使文學上這樣英勇的實現，較別時代更為便利。在現代英國，勇敢已經脫離藝術的路道，轉入商業方面，很愚蠢的往世界極端去求實行。因為我們文學不是很英勇的，只是幽閉在客廳的濁空氣裡，所以英國詩人與小說家不復是世界的勢力，除了本國的內室與孩房之外再也沒人知道。因為在法國不斷有人出現，敢於英勇的去直面人生，將人生鍛接到藝術裡去，所以法國的文學是世界的勢力，在任何地方，只要有明智的人能夠承認它的造就。如有不但精美而且又是偉大的文學在英國出現，那時我們將因了它的英勇而知道它，倘或不是憑了別的記號。」（原文一四八至一五二）

歌詠兒童的文學

高島平三郎編，竹久夢二畫的《歌詠兒童的文學》，在一九一〇年出版，插在書架上已經有十年以上了，近日取出翻閱，覺得仍有新鮮的趣味。全書分作六編，從日本的短歌俳句川柳俗謠俚諺隨筆中輯錄關於兒童的文章，一方面正如編者的本意，足以考見古今人對於兒童的心情，一方面也是一卷極好的兒童詩選集。夢二的十六頁著色插畫，照例用那夢二式的柔軟的筆致寫兒童生活的小景，雖沒有夢二畫集的那種豔冶，卻另外加上一種天真，也是書中的特彩之一。

編者在序裡頗歎息日本兒童詩的缺乏，雖然六編中包含著不少的詩文，比中國已經很多了。如歌人大隈言道在《草徑集》，俳人小林一茶在句集及《俺的春天》裡多有很好的兒童詩，中國就很難尋到適例，我們平常記憶所及的詩句裡不過「閒看兒童捉柳花」或「稚子敲針作釣鉤」之類罷了；陶淵明的《責子詩》要算是最好，因為最是真情流露，雖然戴著一個達觀的面具。

高島氏說，「我想我國之缺乏西洋風的兒童文學，與支那之所以缺乏，其理由不同。在支那不重視兒童，又因詩歌的性質上只以風流為主，所以歌詠兒童的事便很希少，但在我國則因為過於愛兒童，所以要把他從實感裡抽象出來也就不容易了。支那文學於我國甚有影響，因了支那風的思想及詩歌的性質上，缺少歌詠兒童的事當然也是有的；但是這個影響在和歌與俳句上覺得並不很大。」

我想這一節話頗有道理，中國缺乏兒童的詩，由於對於兒童及文學的觀念之陳舊，非改變態度以後不會有這種文學發生，即使現在似乎也還不是這個時候。據何德蘭在《孺子歌圖》序上說北京歌謠中《小寶貝》和《小胖子》諸篇可以算是表現對於兒童之愛的佳作，但是意識的文藝作品就極少了。

日本歌詠兒童的文章不但在和歌俳句中很多，便是散文的隨筆裡也不少這一類的東西。其中最早的是清少納言所著的《枕之草紙》，原書成於十世紀末，大約在中國宋太宗末年，共分一百六十餘段，列舉勝地名物及可喜可憎之事，略似李義山《雜纂》，但敘述較詳，又多記宮廷瑣事，而且在機警之中仍留存著女性的優婉纖細的情趣，所以獨具一種特色。

第七十二段係記「可愛的事物」者，其中幾行說及兒童之美，是歌詠兒童的文學的標本，今將原文全譯於後。

「瓜子臉的小孩（案此句意義依注釋本）。

人們咮咮的叫喚起來，小雀兒便一跳一跳的走來；又（在他的嘴上）截塗上胭脂，老雀兒拿了蟲來給他放在嘴裡，看了很是可愛。

三歲左右的小孩急急忙忙的走來，路上有極小的塵埃，被他很明敏的看見，用了可愛的手指撮著，拿來給大人們看，也是極可愛的。

留著沙彌髮的小孩，頭髮披在眼睛上邊來了也並不拂開，只微微的側著頭去看東西，很是可愛。

交叉繫著的裳帶的上部，白而且美麗，看了也覺得可愛。又還不很大的殿上童裝束著在那裡行走，也是可愛的。

可愛的小孩暫時抱來戲弄，卻馴習了，隨即睡著，這是極可愛的。

雛祭的器具。

從池中拿起極小的荷葉來看，又葵葉之極小者，也很可愛。——無論什麼，凡是細小的都可愛。

肥壯的兩歲左右的小孩，白而且美麗，穿著二藍的羅衣，衣服很長，用帶子束高了，爬著出來，極是可愛。

八九歲的男孩用了幼稚的聲音念書，很可愛。

長腳，白色美麗的雛雞，彷彿穿著短衣的樣子，喈喈的很喧擾的叫著，跟在人家的後面，或是同著母親走路，看了都很可愛。

鴨蛋。（依注釋本）

舍利瓶。

瞿麥花。」

關於清少納言的事，《大日本史》裡有一篇簡略的列傳，今鈔在後邊，原文係古漢文體，亦仍其舊。

「清少納言為肥後守清原元輔之女，有才學，與紫式部齊名。一條帝時，仕於皇后定子，甚受眷遇。皇后雪後顧左右曰，香爐峰之雪當如何？少納言即起搴簾。時人歎其敏捷。皇后特嘉其才華，欲奏請為內侍，會藤原伊周（案即皇后之兄）等被流竄，不果。老而家居，屋宇甚陋。郎署年少見其貧窶而憫笑之，少納自簾中呼曰，不聞有買駿馬之骨者。笑者慚而去。著《枕之草紙》，行於世。」

俺的春天

我在《歌詠兒童的文學》裡，最初見到小林一茶的俳文集《俺的春天》，但是那裡所選的文章只是關於兒童的幾節，並非全本，後來在中村編的《一茶選集》裡才看見沒有缺字的全文。第一節的末尾說：

「我們埋在俗塵裡碌碌度日，卻說些吉祥話慶祝新年，大似唱發財的乞人的口吻，覺得很是無聊。強風吹來就會飛去的陋室還不如仍他陋室的面目，不插門松，也不掃塵埃，一任著雪山路的曲折，今年的正月也只信託著你去迎接新春罷（後附俳句，下同）。

恭喜也只是中通罷了，俺的春天。」

本書的題名即從這裡出來的，下署文政二年，當西曆一八一九年頃，是年夏間所記最有名的兩節文章，都是關於他的女兒聰女的，今摘譯其一部分。

「去年夏天種竹日左右，誕生到這多憂患的浮世來的女兒，愚魯而望其聰敏，因命名曰聰。今年周歲以來，玩著點窩螺，打哇哇，搖頭的把戲，見了別的小孩，拿著風車，喧鬧著也要，拿來給她的時候，便即放在嘴裡吮過捨去，絲毫沒有顧惜，隨即去看別的東西，把近旁的飯碗打破，但又立刻厭倦，嗤嗤的撕紙障上的薄紙，大人稱讚說乖呀乖呀，她就信以為真，哈哈的笑著更是竭力的去撕。心裡沒有一點塵翳，如滿月之清光皎潔，見了正如看幼稚的俳優，很能令人心舒暢。人家走來，問汪汪那裡，便指著狗；問呀呀那裡，便指著烏鴉：這些模樣，真是從口邊到足尖，滿是嬌媚，非常可愛，可以說是比蝴蝶之戲春草更覺得柔美了。……」

但是不久這聰女患天然痘，忽然的死了，一茶在《俺的春天》裡記著一節很悲哀的文章，其末尾云：

「……她遂於六月二十一日與蕣花同謝此世。母親抱著死兒的臉荷荷的大哭，這也是當然的了。到了此刻雖然明知逝水不歸，落花不再返枝，但無論怎樣達觀，終於難以斷念的，正是這恩愛的羈絆。

露水的世，雖然是露水的世，雖然是這樣。」

書中還有許多佳篇，可以見作者的性情及境遇者，今譯錄幾節於後。

「沒有母親的小孩，隨處可以看出來：銜著指頭，站在大門口！這樣的被小孩們歌唱，我那時覺得非常膽怯，不大去和人們接近，只是躲在後園裡疊著的柴草堆下，過那長的日子。雖然是自己的事情，也覺得很是可哀。

同我來遊嬉罷，沒有母親的雀兒！——六歲時作。」

「為男子所嫌棄，住在母家的女人，想一見自己兒子的初次五月節，但是在白晝因為看見的人太多，如詩中所說（作詩的女人姓名不詳），

被休的門外，夜間眺望的鯉幟！

父母思子的真情，聽了煞是可哀。能柔和那獰猛的武士之心者，大約就是這樣的真心罷，即使是怎樣無情的男子，倘若偶爾聽到，也或者再叫她回去罷。」

「紫之里附近，或捕得一窠同炭團一樣黑的小鳥，關在籠裡，這天晚間有母鳥整夜的在屋上啼叫，作此哀之。

思子之情呵，暗夜裡『可愛可愛』地，聲音叫啞了徹夜的啼著！」

這一首是仿和歌體的「狂歌」，大抵多含滑稽或雙關的字句，這裡「可愛可愛」兼關鴉的叫聲；叫啞一字兼關烏鴉，現在用啞鴉同音，姑且敷衍過去，但是原來的妙趣總不免失掉了。

「二十七日晴。老妻早起燒飯，便聽得東鄰的園右衛門在那裡舂年糕，心想大約是照例要送來的，冷了不好吃，須等他勃勃地發熱氣的時候賞鑑才好，來了罷來了罷的等了好久，飯同冰一樣的冷掉了，年糕終於不來。

我家的門口，像煞是要來的樣子，那分送的年糕。」

一茶的俳句在日本文學史是獨一無二的作品，可以說是前無古人，大約也不妨說後無來者的。他的特色是在於他的所謂小孩子氣。這在他的行事和文章上一樣明顯的表示出來，一方面是天真爛漫的稚氣，一方面卻又是倔強皮賴，容易鬧脾氣的；因為這兩者本是小孩的性情，不足為奇，而且他又是一個繼子，這更使他的同情與反感愈加深厚了。關於他的事情，我有一篇文章登在年前的《小說月報》上，現在不復多說；本篇裡譯文第三四節係從那裡取來的，但是根據完善的原本有兩處新加訂正了。

兒童劇

我近來很感到兒童劇的必要。這個理由，不必去遠迢迢地從專門學者的書裡，引什麼演劇本能的話來作說明，只要回想自己兒時的經驗便可明白了。

美國《小女人》的著者阿耳考忒（Louisa Alcott）說，「在倉間裡的演劇，是最喜歡的一種娛樂。我們大規模的排演童話。我們的巨人從樓上連走帶跌的下來，在甲克（Jack）把纏在梯子上的南瓜藤，當作那不朽的豆干，砍斷了的時候。灰妞兒（Cinderella）坐了一個大冬瓜馳驅而去；一支長的黑灌腸經那看不見的手拿來長在浪費了那三個願望的婆子的鼻子上。

巡禮的修士，帶了鈔袋行杖和帽上的海扇殼，在山中行路；地仙在私語的白樺林裡開他們的盛會；野亭裡的採莓的女伴受詩人和哲學家的讚美，他們以自己的機智與智慧為食，而少女們則供應更為實在的食物。」

我們的回憶沒有這樣優美，但也是一樣的重要，至少於自己是如此。我不記得有「童話的戲劇化」，十歲以前的事情差不多都忘卻了，現在所記得的是十二歲往三味書屋讀書時候的事情。那時所讀的是「下中」和唐詩，當然不懂什麼，但在路上及塾中得到多少見聞，使幼稚的心能夠建築起空想的世界來，慰藉那憂患寂寞的童年，是很可懷念的。

從家裡到塾中不過隔著十家門面，其中有一家的主人頭大身矮，家中又養著一隻不經見的山羊（後來才知這是養著厭禳火災的），便覺得很有一種超自然的氣味；同學裡面有一個身子很長，雖然頭也同常人一樣的大，但是在全身比例上就似乎很小了；又有一個長輩，因為吸鴉片煙的緣故，聳著兩肩，彷彿在大衫底下橫著一根棒似的，這幾個現實的人，在那時看了都有點異樣，於是拿來戲劇化了，在有兩株桂花的院子裡扮演這日常的童話劇。

「大頭」不幸的被想化做凶惡的巨人，帶領著山羊，佔據了岩穴，擾害別人，小頭和聳肩的兩個朋友便各仗了法術去征服他：「小頭」從石窟縫裡伸進頭去窺探他的動靜，「聳肩」等他出來，只用肩一夾，便把他裝在肩窩裡捉了來了。

這些思想儘管荒唐，而且很有唐突那幾位本人的地方，但在那時覺得非常愉快，用現代的話來講，演著這劇的時候實在是得到充實生活的少數瞬間之一。我們也扮演喜劇，如「打敗賀家武秀才」之類，但總太與現實接觸，不能感到十分的喜悅，所以就經驗上說，這大頭劇要算第一有趣味了。後來在北京看舊戲，精神上受了一種打擊，對於演劇幾乎從此絕緣，回想過去卻有全心地生活在戲劇內的一個時期，真是連自己都有點不能相信了。

以上因了自己的經驗，便已足以證明兒童劇的必要，一方面教育專家也在那裡主張，那更是有力的保證了。近日讀美國斯庚那，西奇威克和諾依思諸人的兒童劇與日本坪內逍遙的《家庭用兒童劇》一二集，覺得很有趣味，甚希望中國也有一兩種這樣的書，足供家庭及學校之用。

理想的兒童劇固在兒童的自編自演，但一二參考引導的書也不可少，而且借此可以給大人們一個具體的說明，使他們能夠正當的理解，尤其重要。兒童劇於幼稚教育當然很有效用，不過這應當是廣義的，決不可限於道德或教訓的意義。我想這只須消極的加以斟酌，只要沒有什麼害就好，而且即此也就可以說有好處了。所以有許多在因襲的常識眼光以為不合的，都不妨事，如荒唐的，怪異的，虛幻的皆是。

總之這裡面的條件，第一要緊是一個童話的世界，雖以現實的事物為材而全體的情調應為非現實的，有如霧裡看花，形色變易，才是合作，這是我從經驗裡抽出來的理論。作者只要復活他的童心（雖然是一件難的工作），照著心奧的鏡裡的影子，參酌學藝的規律，描寫下來，兒童所需要的劇本便可成功，即使不能說是盡美，也就十得六七了。

我們沒有迎合社會心理，去給群眾做應制的詩文的義務，但是迎合兒童心理供給他們文藝作品的義務，我們卻是有的；正如我們應該拒絕老輩的鴉片煙的供應而不得不供給小孩的乳汁。我很希望於兒歌童話以外，有美而健全的兒童劇本出現於中國，使他們得在院子裡樹蔭下或唱或讀，或演扮浪漫的故事，正當地享受他們應得的悅樂。

玩具

一九一一年德國特勒思登地方開博覽會，日本陳列的玩具一部分，凡古來流傳者六十九，新出者九，共七十八件，在當時頗受賞識，後來由京都的芸草堂用著色木板印成圖譜，名「日本玩具集」，雖然不及清水晴風的《稚子之友》的完美，但也盡足使人怡悅了。

玩具本來是兒童本位的，是兒童在「自然」這學校裡所用的教科書與用具，在教育家很有客觀研究的價值，但在我們平常人也覺得很有趣味，這可以稱作玩具之骨董的趣味。

大抵玩骨董的人，有兩種特別注重之點，一是古舊，二是希奇。這不是正當的態度，因為他所重的是骨董本身以外的事情，正如注意於戀人的門第產業而忘卻人物的本體一樣；所以真是玩骨董的人是愛那骨董本身，那不值錢，沒有用，極平凡的東西。收藏家與考訂家以外還有一種賞鑑家的態度，超越功利問題，只憑了趣味的判斷，尋求享樂，這才是我所說的骨董家，其所以與藝術家不同者，只在沒有那樣深厚的知識罷了。

他愛藝術品，愛歷史遺物，民間工藝，以及玩具之類。或自然物如木葉貝殼亦無不愛。這些人稱作骨董家，或者還不如稱之曰好事家（Dilettante）更為適切：這個名稱雖然似乎不很尊重，但我覺得這種態度是很好的，在這博大的沙漠似的中國至少是必要的，因為仙人掌似的外粗厲而內腴潤的生活是我們唯一的路，即使近於現在為世詬病的隱逸。

玩具是做給小孩玩的，然而大人也未始不可以玩；玩具是為小孩而做的，但因此也可以看出大人們的思想。我們知道很有許多愛玩具的大人。我常聽祖父說唐家的姑丈在書桌上擺著幾尊「爛泥菩薩」，還有一碟「夜糖」（一名圓眼糖，形似龍眼故名），叫兒子們念書十（？）遍可吃一顆，但小孩迫不及待，往往偷偷地拿起舐一下，重複放在碟子裡。這唐家的老頭子相貌奇古，大家替他起有一個可笑的諢名，但我聽了這段故事，覺得他雖然可笑也是頗可愛的。

法蘭西（France）的極有趣味的文集裡，有一篇批評比國勒蒙尼爾所著《玩具的喜劇》的文章，他說，「我今天發見他時常拿了兒童的玩具娛樂自己，這個趣味引起我對於他的新的同情。我是他的贊成者，因為他的那玩具之詩的解釋，又因為他有那神秘的意味。」後來又說，一個小孩在桌上排列他的鉛兵，與學者在博物館整理雕像，沒有什麼大差異。「兩者的原理正是一樣的。抓住了他的玩具的頑童，便是一個審美家了。」

我們如能對於一件玩具，正如對著雕像或別的美術品一樣，發起一種近於那頑童所有的心情，我們內面的生活便可以豐富許多，孝子傳裡的老萊子彩衣弄雛，要是並不為著娛親，我相信是最可羨慕的生活了！

日本現代的玩具，據那集上所錄，也並不貧弱，但天沼匏村在《玩具之話》第二章中很表示不滿說，「實在，日本人對於玩具頗是冷淡。極言之，便是被說對於兒童漠不關心，也沒有法子。第一是看不起玩具。即在批評事物的時候，常說，這是什麼，像玩具似的東西！又常常說，本來又不是小孩（為甚玩這樣的東西」。」我回過來看中國，卻又怎樣呢？雖然老萊子弄雛，《帝城景物略》說及陀螺空鐘，《賓退錄》引路德延的《孩兒詩》五十韻，有「折竹裝泥燕，添絲放紙鳶」等語，可以作玩具的史實的資料，但就實際說來，不能不說是更貧弱了。據個人的回憶，我在兒時不曾弄過什麼好的玩具，至少也沒有中意的東西，留下較深的印象。北京要算是比較的最能做玩具的地方，但真是固有而且略好的東西也極少見。我在廟會上見有泥及鉛製的食器什物頗是精美，其餘只有空鐘（與《景物略》中所說不同）等還可玩弄，想要湊足十件便很不容易了。

中國缺少各種人形玩具，這是第一可惜的事。在國語裡幾乎沒有這個名詞，南方的「洋囡囡」同洋燈洋火一樣的不適用。須勒格耳博士說東亞的人形玩具，始於荷蘭的輸入，這在中國大約是確實的；即此一事，盡足證明中國對於玩具的冷淡了。玩具雖不限於人形，但總以人形為大宗，這個損失決不是很微小的，在教育家固然應大加慨歎，便是我們好事家也覺得很是失望。

兒童的書

美國斯喀德（Scudder）在《學校裡的兒童文學》一篇文裡曾說，「大多數的兒童經過了小學時期，完全不曾和文學接觸。他們學會念書，但沒有東西讀。他們不曾知道應該讀什麼書。」凡被強迫念那書賈所編的教科書的兒童，大都免不掉這個不幸，但外國究竟要比中國較好，因為他們還有給兒童的書，中國則一點沒有，即使兒童要讀也找不到。

據我自己的經驗講來，我幼時念的是「聖賢之書」，卻也完全不曾和文學接觸，正和念過一套書店的教科書的人一樣。後來因為別的機緣，發見在那些念過的東西以外還有可看的書，實在是偶然的幸運。因為念那聖賢之書，到十四歲時才看得懂「白話淺文」，雖然也看《綱鑒易知錄》當日課的一部分，但最喜歡的卻是《鏡花緣》。此外也當然愛看繡像書，只是繡的太是呆板了，所以由《三國志演義》的繪圖轉到《爾雅圖》和《詩中畫》一類那裡去了。中國向來以為兒童只應該念那經書的，以外並不給預備一點東西，讓他們自己去掙扎，止那精神上的饑餓；機會好一點的，偶然從文字堆中——正如在穢土堆中檢煤核的一樣——掘出一點什麼來，聊以充腹，實在是很可憐的，這兒童所需要的是什麼呢？我從經驗上代答一句，便是故事與畫本。

二十餘年後的今日，教育文藝比那時發達得多了，但這個要求曾否滿足，有多少適宜的兒童的書了麼？我們先看畫本罷。美術界的一方面因為情形不熟，姑且不說繪畫的成績如何，只就兒童用的畫本的範圍而言，我可以說不曾見到一本略好的書。不必說克路軒克（Cruikshank）或比利平（Bilibin）等人的作品，就是如竹久夢二的那些插畫也難得遇見。

中國現在的畫，失了古人的神韻，又並沒有新的技工，我見許多雜誌及教科書上的圖都不合情理，如階石傾邪，或者母親送四個小孩去上學，卻是一樣的大小。這樣日常生活的景物還畫不好，更不必說純憑想像的童話繪了，——

然這童話繪卻正是兒童畫本的中心，我至今還很喜歡看魯濱孫等人的奇妙的插畫，覺得比歷史繪更為有趣。但在中國卻一冊也找不到。

幸而中國沒有買畫本給小兒做生日或過節的風氣，否則真是使人十分為難了。兒童所喜歡的大抵是線畫，中國那種的寫意畫法不很適宜，所以即使往古美術裡去找也得不到什麼東西，偶然有些織女鍾馗等畫略有趣味，也稍缺少變化；如焦秉貞的《耕織圖》卻頗適用，把他翻印出來，可以供少年男女的翻閱。

兒童的歌謠故事書，在量上是很多了，但在質上未免還是疑問。我以前曾說過，「大抵在兒童文學上有兩種方向不同的錯誤：一是太教育的，即偏於教訓；一是太藝術的，即偏於玄美：教育家的主張多屬於前者，詩人多屬於後者。其實兩者都不對，因為他們不承認兒童的世界。」中國現在的傾向自然多屬於前派，因為詩人還不曾著手於這件事業。向來中國教育重在所謂經濟，後來又中了實用主義的毒，對兒童講一句話，一眼，都非含有意義不可，到了現在這種勢力依然存在，有許多人還把兒童故事當作法句譬喻看待。我們看那《伊索寓言》後面的格言，已經覺得多事，更何必去模仿他。

其實藝術裡未嘗不可寓意，不過須得如做果汁冰酪一樣，要把果子味混透在酪裡，決不可只把一塊果子皮放在上面就算了事。但是這種作品在兒童文學裡，據我想來本來還不能算是最上乘，因為我覺得最有趣的是有那無意思之意思的作品。安徒生的《醜小鴨》，大家承認他是一篇佳作，但《小伊達的花》似乎更佳；這並不因為他講花的跳舞會，灌輸泛神的思想，實在只因他那非教訓的無意思，空靈的幻想與快活的嬉笑，比那些老成的文字更與兒童的世界接近了。

我說無意思之意思，因為這無意思原自有他的作用，兒童空想正旺盛的時候，能夠得到他們的要求，讓他們愉快的活動，這便是最大的實益，至於其餘觀察記憶，言語練習等好處即使不說也罷。總之兒童的文學只是兒童本位的，此外更沒有什麼標準。中國還未曾發見了兒童，——其實連個人與女子也還未發見，所以真的為兒童的文學也自然沒有，雖市場上攤著不少的賣給兒童的書本。

藝術是人人的需要，沒有什麼階級性別等等差異。我們不能指定這是工人的，那是女子所專有的文藝，更不應說這是為某種人而作的；但我相信有一個例外，便是「為兒童的」。兒童同成人一樣的需要文藝，而自己不能造作，不得不要求成人的供給。古代流傳下來的神話傳說，現代野蠻民族裡以及鄉民及小兒社會裡通行的歌謠故事，都是很好的材料，但是這些材料還不能就成為「兒童的書」，須得加以編訂才能適用。

這是現在很切要的事業，也是值得努力的工作。凡是對兒童有愛與理解的人都可以著手去做，但在特別富於這種性質而且少有個人的野心之女子們，我覺得最為適宜，本於溫柔的母性，加上學理的知識與藝術的修養，便能比男子更為勝任。我固然尊重人家的創作，但如見到一本為兒童的美的畫本或故事書，我覺得不但尊重而且喜歡，至少也把他看得同創作一樣的可貴。

鏡花緣

我的祖父是光緒初年的翰林，在二十年前已經故去了，他不曾聽到國語文學這些名稱，但是他的教育法卻很特別。他當然仍教子弟學做時文，唯第一步的方法是教人自由讀書，尤其是獎勵讀小說，以為最能使人「通」，等到通了之後，再弄別的東西便無所不可了。他所保舉的小說，是《西遊記》《鏡花緣》《儒林外史》這幾種，這也就是我最初所讀的書（以前也曾念過「四子全書」，不過那只是「念」罷了。）。

我幼年時候所最喜歡的是《鏡花緣》。林之洋的冒險，大家都是賞識的，但是我所愛的是多九公，因為他能識得一切的奇事和異物。對於神異故事之原始的要求，長在我們的血脈裡，所以《山海經》《十洲記》《博物志》之類千餘年前的著作，在現代人的心裡仍有一種新鮮的引力：九頭的鳥，一足的牛，實在是荒唐無稽的話，但又是怎樣的愉快呵。《鏡花緣》中飄海的一部分，就是這些分子的近代化，我想凡是能夠理解荷馬史詩《阿迭綏亞》的趣味的，當能賞識這荒唐的故事。

有人要說，這些荒唐的話即是誑話。我當然承認。但我要說明，以欺詐的目的而為不實之陳述者才算是可責，單純的——為說誑而說的誑話，至少在藝術上面，沒有是非之可言。向來大家都說小孩喜說誑話，是作賊的始基，現代的研究才知道並不如此。小孩的誑話大都是空想的表現，可以說是藝術的創造；他說我今天看見一條有角的紅蛇，決不是想因此行詐得到什麼利益，實在只是創作力的活動，用了平常的材料，組成特異的事物，以自娛樂。

敘述自己想像的產物，與敘述現世的實生活是同一的真實，因為經驗並不限於官能的一方面。我們要小孩誠實，但這當推廣到使他並誠實於自己的空想。誑話的壞處在於欺蒙他人，單純的誑話則只是欺蒙自己，他人也可以被其欺蒙——不過被欺蒙到夢幻的美裡去，這當然不能算是什麼壞處了。

王爾德有一篇對話，名「The Decay of Lying」（《說誑的衰頹》），很歎息於藝術的墮落。《獄中記》譯者的序論裡把 Lying 譯作「架空」，彷彿是忌避說誑這一個字（日本也是如此），其實有什麼要緊。王爾德那裡會有忌諱呢？他說文藝上所重要者是「講美的而實際上又沒有的事」，這就是說誑。但是他雖然這樣說，實行上卻還不及他的同鄉丹綏尼；「這世界在歌者看來，是為了夢想者而造的」，正是極妙的讚語。科倫（P‧Colum）在丹綏尼的《夢想者的故事》的序上說：——

「他正如這樣的一個人，走到獵人的寓居裡，說道，你們看這月亮很奇怪。我將告訴你，月亮是怎樣做的，又為什麼而做的。既然告訴他們月亮的事情之後，他又接續著講在樹林那邊的奇異的都市，和在獨角獸的角裡的珍寶。倘若別人責他專講夢想與空想給人聽，他將回答說，我是在養活他們的驚異的精神，驚異在人是神聖的。

「我們在他的著作裡幾乎不能發見一點社會的思想。但是，卻有一個在那裡，這便是一種對於減縮人們想像力的一切事物，——對於凡俗的都市，對於商業的實利，對於從物質的組織所發生的文化之嚴厲的敵視。」

夢想是永遠不死的。在戀愛中的青年與在黃昏下的老人都有他的夢想，雖然她們的顏色不同。人之子有時或者要反叛她，但終究還回到她的懷中來。我們讀王爾德的童話，賞識他種種好處，但是《幸福的王子》和《漁夫與其魂》裡的敘述異景總要算是最美之一了。我對於《鏡花緣》，因此很愛他那飄洋的記述。我也愛《呆子伊凡》或《麥加爾的夢》，然而我或者更幼稚地愛希臘神話。

記得《聊齋志異》卷頭有一句詩道，「姑妄言之姑聽之」，這是極妙的話。《西遊記》《封神傳》以及別的荒唐的話（無聊的模擬除外），在這一點上自有特別的趣味，不過這也是對於所謂受戒者（The Initiated）而言，不是一般的說法，更非所論於那些心思已入了牛角灣的人們。他們非用紀限儀顯微鏡來測看藝術，便對著畫鍾馗供香華燈燭；在他們看來，則《鏡花緣》若不是可惡的妄語必是一部信史了。

舊夢

大白先生的《舊夢》將出版了，輪到我來做一篇小序。我恐怕不能做一篇合式的序文，現在只以同裡的資格來講幾句要說的話。

大白先生我不曾會見過，雖然有三四年同住在一個小城裡。但是我知道他的家世，知道他的姓名——今昔的姓名，知道他的學業。這些事我固然知之不深，與這詩集又沒有什麼大關係，所以不必絮說，但其中有應當略略注意者，便是他的舊詩文的功夫。

民國初年，他在《禹域新聞》發表許多著作，本地的人大抵都還記得；當時我的投稿裡一篇很得意的古文《希臘女詩人》，也就登在這個報上。過了幾年，大白先生改做新詩，這部《舊夢》便是結果，雖然他自己說詩裡仍多傳統的氣味，我卻覺得並不這樣；據我看來，至少在《舊夢》這一部分內，他竭力的擺脫舊詩詞的情趣，倘若容我的異說，還似乎擺脫的太多，使詩味未免清淡一點，——雖然這或者由於哲理入詩的緣故。

現在的新詩人往往喜學做舊體，表示多能，可謂好奇之過，大白先生富有舊詩詞的蘊蓄，卻不儘量的利用，也是可惜。我不很喜歡樂府調詞曲調的新詩，但是那些圓熟的字句在新詩正是必要，只須適當的運用就好，因為詩並不專重意義，而白話也終是漢語。

我於別的事情都不喜講地方主義，唯獨在藝術上常感到這種區別。大白先生是會稽的平水人，這一件事於我很有一種興味。當初《禹域新聞》附刊《章實齋文集》《李越縵日記鈔》之類，隨後訂為「禹域叢書」，我是愛讀者之一，而且自己也竭力收羅清朝越中文人的著作，這種癖性直到現在還存留著。現在固未必執守鄉曲之見去做批評，但覺得風土的力在文藝上是極重大的，所以終於時常想到。

幼時到過平水，詳細的情形已經記不起了，只是那大溪的印象還隱約的留在腦裡。我想起蘭亭鑒湖射的平水木柵那些地方的景色，彷彿覺得朦朧地聚合起來，變成一幅「混合照相」似的，各個人都從那裡可以看出一點形似。我們不必一定在材料上有明顯的鄉土的色彩，只要不鑽入那一派的籬笆裡去，任其自然長髮，便會到恰好的地步，成為有個性的著作。不過我們這時代的人，因為對於褊隘的國家主義的反動，大抵養成一種「世界民」（Kosmopolites）的態度，容易減少鄉土的氣味，這雖然是不得已卻也是覺得可惜的。

我仍然不願取消世界民的態度，但覺得因此更須感到地方民的資格，因為這二者本是相關的，正如我們因是個人，所以是「人類一分子」（Homarano）一般。我輕蔑那些傳統的愛國的假文學，然而對於鄉土藝術很是愛重：我相信強烈的地方趣味也正是「世界的」文學的一個重大成分。具有多方面的趣味，而不相衝突，合成和諧的全體，這是「世界的」文學的價值，否則是「拔起了的樹木」，不但不能排到大林中去，不久還將枯槁了。

我常懷著這種私見去看詩文，知道的因風土以考察著作，不知道的就著作以推想風土；雖然倘若固就成見，過事穿鑿，當然也有弊病，但我覺得有相當的意義。大白先生的鄉土是我所知道的，這是使我對於他的詩集特別感到興趣的一種原因。

我不能說大白先生的詩裡有多大的鄉土趣味，這是我要請他原諒的。我希望他能在《舊夢》裡更多的寫出他真的今昔的夢影，更明白的寫出平水的山光，白馬湖的水色，以及大路的市聲。這固然只是我個人的要求，不能算作什麼的，——而且我們誰又能夠做到這個地步呢。我們生在這個好而又壞的時代，得以自由的創作，卻又因為傳統的壓力太重，以致有非連著小孩一起便不能把盆水倒掉的情形，所以我們向來的詩只在表示反抗而非建立，因反抗國家主義遂並減少鄉土色彩，因反抗古文遂並少用文言的字句：這都如昨日的夢一般，還明明白白的留在我的腦裡，——留在自己的文字上。

以上所說並不是對於大白先生的詩的批評，只是我看了《舊夢》這一部分而引起的感想罷了。讀者如想看批評，我想最好去看那卷首的一篇「自記」，——雖然不免有好些自謙的話；因為我想，著者自己的話總要比別人的更為可信。

一九二三年四月八日。

世界語讀本

《世界語讀本》是馮省三君所編的。他起手編著的時候，我答應給他做一篇序，現在這部書將由商務印書館刊行了，於是我也不得不趕緊來做。但是我是不會做切題的文字的，想不出什麼話來，只能就我所知道的事情，關於編者這個人略講幾句，因為他頗為人們所誤會，——雖然世界語也未嘗不為中國人所誤會，本來也還需要說明。

我初次看見省三是在去年四月，當時在北京的世界語朋友在北大第二院開會，商議組織世界語學會的事。省三是愛羅先珂君在中國所教成的三個學生之一，很熱心於世界語運動，發言最多，非常率直而且粗魯，在初聽的人或者沒有很好的印象。但是後來因為學會事務以及來訪愛羅君的機會，我常會見著他，覺得漸漸的有點理解，知道他是一個大孩子，他因此常要得罪人，但我以為可愛的地方也就在這裡。這是我個人的觀察，或者也還不十分謬誤。

省三雖然現在自稱京兆人，但實在是山東人，據他說家裡是務農的，父親卻讀過經書，是個道學家，而且又在五歲時替他訂了婚，所以他跑了出來，在北京苦學。他陸續做過各種訪員，其間還在飯店裡管過帳，——後來人家便拿來做破壞他戀愛的資料。

他在北大預科法文班，去年應當畢業，但是因為付不出學費，所以試驗冊上沒有他的分數。十月新學年開始後，他照常去聽講，有一天來同我商量想請願補試，我也答應他去代訪教務長。到了第二天遇著「講義風潮」，不曾訪得；隨後再往學校，省三卻已為了這事件而除名了。這在我聽了也是意外的事，因為雖然知道他容易闖禍，卻不相信會去做這些事的主謀。

當日第三時他還在第三層樓聽張鳳舉先生講英文戲曲，下課後去探詢樓下的喧擾，也就加入在內，後來真主謀者都溜走了，只剩了他在那裡代表這群烏合之眾，其結果便做了群眾的罪羊。在學校方面大約也只能這樣的辦，但那些主謀的人躲的無影無蹤，睜著眼看別人去做犧牲，實在很可慨歎的；到了今日這件事已成陳跡，他們也都將畢業榮進了，本來不必舊事重提，但是我總覺得不能忘記，因為雖然未必因此增加省三的價值，卻總足以估定人們的沒價值了。

省三曾問我對於他的批評如何，我答說他的人太好，——這也是一個很大的缺點，——太相信性善之說，對於人們缺少防備。雖然這不是Esperantisto（世界語學者）所應主張的，但仍不失為很是確實的話罷。

省三雖專學法文，但我猜想他法文的程度未必有世界語那樣高，他的熱心於世界語實在是很可佩服的。去年世界語學會開辦兩級暑假講習班，他都非常出力，今年又在幾個學校教授，所以他編這本書頗是適宜，因為有過好些經驗；其次，他很有點趣味性，這也是一種特色。他的言行很是率直，或者近於粗魯，但有地方又很細膩熨帖，這是在他的稿件上可以看出來的：他所寫的字比印刷還要整齊，頭字星點符號等也多加上藻飾，就是寫信也是如此。

這些稚氣在他似乎不很相稱，仔細想來卻很有道理，因為這樣的趣味也正是小孩子所應有的，不過大多數的人都汨沒了罷了。省三獨能保存他住，應用在編書上面，使讀本的內容豐富而有趣味，學了不但知道世界語，還可養成讀書的興趣，這實在是一件不可看輕的好處。

最後還想略一提及「世界語主義」（Esperantismo）。現在大家知道有世界語，卻很少有人知道世界語裡含有一種主義；世界語不單是一種人為的言語，供各國人辦外交做買賣之用，乃是世界主義（能實現與否是別一問題）的出產物，離開了這主義，世界語便是一個無生命的木偶了。

中國提倡世界語，卻少有人瞭解他的精神。這讀本特別注意於此，把創始者的意思揭在卷頭，本文中又處處留意，務求不背他的原旨，可以說是一部真的世界語的書。這冊書裡或者也還有許多缺點，但我總望他的一種風趣能夠把他掩護過去，正如他能掩護人的缺點一樣。

一九二三年五月二十五日。

結婚的愛

《結婚的愛》（Married Love）是我近來所見最好的書籍之一。著者斯妥布思女士（Marie Stopes）是理學及哲學博士，又是皇家文學會及植物學會員，所著書在植物學方面最多，文學方面有劇本數種，最後是關於兩性問題的書：《結婚的愛》講夫婦間的糾葛，《聰明的父母》講生產限制，《光輝的母性》講育兒。《結婚的愛》出版於一九一八年，我所見到的去年六月新板，已是第一百八十一千里的一本了。

「性的教育」的重要，現在更無須重說了。但是只明白了性的現象，而不瞭解性的法則，其結果也只足以免避性的錯誤，至於結婚後的種種糾葛仍無可免。半開化的社會的兩性關係是男子本位的，所以在這樣社會裡，正如晏殊君曾在《婦女雜誌》（三月號）上所說，女子「被看做沒有性欲的」，這個錯誤當然不言而喻了。

文明社會既然是男女平等的，又有了性的知識，理論應該是對了，但是卻又將女性的性欲看做同男性一樣的。——這能說是合於事理麼？據《結婚的愛》的著者說，這不但不合，而且反是許多不幸的根源。性的牽引本來多在於二者之差異，但這當初牽引的差異後來卻即為失調的原因。異性的要求不全一致，戀愛的配合往往也為此而生破裂，其餘的更不必說了。《結婚的愛》便是想去解決這個糾葛的一篇論文，他的意見，簡單的說來是主張兩性關係應是女子本位的。

本書的重要的話，都在第四五兩章裡。現在有許多學者都已知道兩性的性欲的差異，男子是平衡的，女性是間歇的。第四章名「根本的衝動」，便是專研究這個問題的，根據精密的調查，發見了一種定期律，卻與以前學者們所說的全然不同。第五章名「相互的調節」，是最切要的一章，寫的非常大膽嚴肅。篇首引聖保羅《與羅馬人書》的一句，「愛是不加害與人的」，可以說是最深切的標語。有些人知道兩性要求的差異，以為不能兩全，只好犧牲了一方面，「而為社會計，還不如把女子犧牲了。」

大多數的男子大約贊成這話。但若如此，這決不是愛了，因為在愛裡只有完成，決沒有犧牲的，要實現這個結婚的愛，便只有這相互的調節一法，即改正兩性關係，以女性為本位。這雖然在男子是一種束縛，但並非犧牲，或者倒是祝福。我們不喜那宗教的禁欲主義，至於合理的禁欲原是可能，不但因此可以養活純愛，而且又能孕育夢想，成文藝的種子。

我想，欲是本能，愛不是本能，卻是藝術，即本於本能而加以調節者。向來的男子多是本能的人，向來的愛只有「騎士的愛」才是愛，一落在家庭裡，便多被欲所害了。凱沙諾伐是十八世紀歐洲的一個有名的蕩子，但藹理斯稱他「以所愛婦女的悅樂為悅樂而不耽於她們的供奉」，所以他是知愛的人。這「愛之術」（**Ars Amatoria**）以前幾乎只存在草野間了，《結婚的愛》可以說是家庭的愛之術的提倡傳授者。

《結婚的愛》是一本「給結婚的男女看的書」，所以我不多抄錄他的本文了。《不列顛醫學雜誌》批評他說，「在已結婚或將要結婚的人，只要他們在精神身體上都是正則的，而且不怕去面事實，這是一部極有益的書。」因此我也將他介紹給有上面所說的資格的人們。不過我還有一句廢話，便是要請他們在翻開書面之前，先自檢查自己的心眼乾淨與否。

聖保羅說，「凡物本來沒有不潔淨的，唯獨人以為不潔淨的，在他就不潔淨了。」藹理斯在《聖芳濟及其他論》中說，「我們現在直視一切，覺得沒有一件事實太卑賤或太神聖不適於研究的。但是直視某種事實卻是有害的，倘若你不能潔淨地看。」以上也就是我的忠告。

（我很怕那些大言破壞一切而自己不知負責，加害與人的，所謂自由戀愛家的男子。）

《結婚的愛》布面的價三元餘，紙面的二元，以英國板為佳，因為我的一本《光輝的母性》係美國板，其中有刪節的地方，所以推想美國板的《結婚的愛》一定要刪節的更多了（聽說因為他們有一種什麼猥褻條例）。英國詩人凱本德（Edward Carpenter）的《愛的成年》（Love's Coming-of-Age）前回曾連帶的說起過，也是有益的書。原本英國出版，美國「現代叢書」（Modern Library）裡也收著，價一元餘。曾經郭須靜君譯出，收在晨報社叢書內。但是已經絕板了；聽說不久擬校訂重印，希望他早日成功，並且能夠更多有力的傳達那優美純潔的思想到青年男女中間去。

愛的創作

《愛的創作》是與謝野晶子感想集的第十一冊。與謝野夫人（她本姓鳳）曾作過好些小說和新詩，但最有名的還是她的短歌，在現代歌壇上仍佔據著第一流的位置。

十一卷的感想集，是十年來所做的文化批評的工作的成績，總計不下七八百篇，論及人生各方面，範圍也很廣大，但是都有精采，充滿著她自己所主張的「博大的愛與公明的理性」，此外還有一種思想及文章上的溫雅（Okuyukashisa），這三者合起來差不多可以表出她的感想文的特色。我們看日本今人的「雜感」類文章，覺得內田魯庵的議論最為中正，與她相仿，唯其文章雖然更為輕妙，溫雅的度卻似乎要減少一點了。

《愛的創作》凡七十一篇，都是近兩年內的著作。其中用作書名的一篇關於戀愛問題的論文，我覺得很有趣味，因為在這微妙的問題上她也能顯出獨立而高尚的判斷來。普通的青年都希望一勞永逸的不變的愛，著者卻以為愛原是移動的，愛人各須不斷的創作，時時刻刻共相推移，這才是養愛的正道。

她說：

「人的心在移動是常態，不移動是病理。幼少而不移動是為癡呆，成長而不移動則為老衰的徵候。

「在花的趣味上，在飲食的嗜好上，在衣服的選擇上，從少年少女的時代起，一生不知要變化多少回。正是因為如此，人的生活所以精神的和物質的都有進步。……世人的俗見常以為夫婦親子的情愛是不變動的。但是在花與衣服上會變化的心，怎麼會對於與自己更直接有關係的生活倒反不敏感地移動呢？

「就我自己的經驗上說，這二十年間我們夫婦的愛情不知經過多大的變化來了。我們的愛，決不是以最初的愛一貫繼續下去，始終沒有變動的，固定的靜的夫婦關係。我們不斷的努力，將新的生命吹進兩人的愛情裡去，破壞了重又建起，鍛煉堅固，使他加深，使他醇化。……我們每日努力重新播種，每日建築起以前所無的新的愛之生活。

「我們不願把昨日的愛就此靜止了，再把他塗飾起來，稱作永久不變的愛：我們並不依賴這樣的愛。我們常在祈望兩人的愛長是進化移動而無止息。「倘若不然，那戀愛只是心的化石，不能不感到困倦與苦痛了罷。

「我們曾把這意見告訴生田長江君，他很表同意，答說，『理想的夫婦是每日在互換愛的新證書的。』我卻想這樣的說，更適切的表出我們的實感，便是說夫婦是每日在為愛的創作的。」

凱本德在《愛與死之戲劇》上引用愛倫凱的話說，「貞義決不能約束的，只可以每日重新地去贏得。」又說，「在古代所謂戀愛法庭上，武士氣質的人明白瞭解的這條真理，到了現今還必須力說，實在是可悲的事。戀愛法庭所說明的，戀愛與結婚不能相容的理由之一，便是說妻決不能從丈夫那邊得到情人所有的那種殷勤，因為在情人當作恩惠而承受者，丈夫便直取去視若自己的權利。」

理想的結婚便是在夫婦間實行情人們每日贏得交互的恩惠之辦法。凱本德歸結的說，「要使戀愛年年保存這周圍的浪漫的圓光，以及這侍奉的深情，便是每日自由給與的恩惠，這實在是一個大藝術。這是大而且難的，但是的確值得去做的藝術。」這個愛之術到了現代已成為切要的研究，許多學者都著手於此，所謂愛的創作就是從藝術見地的一個名稱罷了。

中國關於這方面的文章，我只見到張競生君的一篇《愛情的定則》。無論他的文句有怎樣不妥的地方，但我相信他所說的「凡要講真正完全愛情的人不可不對於所歡的時時刻刻改善提高彼此相愛的條件。一可得了愛情上時時進化的快感，一可杜絕敵手的競爭」這一節話，總是十分確實的。但是道學家見了都著了忙，以為愛應該是永久不變的，所以這是有害於世道人心的邪說。

道學家本來多是「神經變質的」（Neurotic），他的特徵是自己覺得下劣脆弱；他們反對兩性的解放，便因為自知如沒有傳統的迫壓他必要放縱不能自制，如戀愛上有了自由競爭他必沒有僥倖的希望。他們所希冀的是異性一時不慎上了他的鉤，於是便可憑了永久不變的戀愛的神聖之名把她佔有專利，更不怕再會逃脫。這好像是「出店不認貨」的店鋪，專賣次貨，生怕買主後來看出破綻要來退還，所以立下這樣規則，強迫不慎的買主收納有破綻的次貨。

真正用愛者當如園丁，想培養出好花，先須用上相當的精力，這些道學家卻只是性的漁人罷了。大抵神經變質者最怕聽於自己不利的學說，如生存競爭之說很為中國人所反對，這便因為自己沒有生存力的緣故，並不是中國人真是酷愛和平；現在反對愛之移動說也正是同樣的理由。但是事實是最大的威嚇者，他們粉紅色的夢能夠繼續到幾時呢。

愛是給與，不是酬報。中國的結婚卻還是貿易，這其間真差得太遠了。

【附記】

近來閱藹理斯的《性的心理研究》第五卷色情的象徵，第六章中引法國泰耳特（G．Tarde）的論文《病的戀愛》，有這幾句話：

「我們在和一個女人戀愛以前，要費許多時光；我們必須等候，看出那些節目，使我們注意，喜悅，而且使我們因此掩過別的不快之點。不過在正則的戀愛上，那些節目很多而且常變。戀愛的貞義無非是一種環繞著情人的航行，一種探險的航行而永遠得著新的發見。最誠實的愛人，不會兩天接續的同樣的愛著一個女人。」

他的話雖似新奇，卻與《愛的創作》之說可以互相參證。編訂時追記。

夢

須萊納爾女士（Olive Schreiner）於一八五九年生在南非，父親是德國教士，母親是英國人。一八八二年她到倫敦去，接續的把《非洲田家的故事》（The Story of an African Farm）和《夢》（Dreams）兩部著作付刊，在讀書界上得到不少的聲名。

一八九四年她和克朗拉德（S．G．Cromright）結婚，以後就住在南非。她的丈夫和長兄都是政治家，她也參與政治問題，盡力消弭英非兩者之間的惡感。一八九九年她在一篇論文裡說，「我們千百的男女都愛英國的，原都願意把生命獻給他；但是如去打倒一個為自由而戰的南非人民，我們寧可把右手放到火裡去，直至他只剩了一支焦黑的骨。」

但這一年裡，戰爭終於發生了，她在回家去的路上為英軍所捕，監禁在一個小村裡，這時候她家所在的約翰堡被英軍攻落，家財搶劫一空，她費了十二年工夫寫成的一部女性問題研究的稿本也被英兵燒毀了。她在幽囚中，把書中寄生論這部分，就所記憶的陸續寫下，共成六章，這就是一九一一年所發刊，世間尊為婦女問題之聖書的《婦女與勞動》（Woman and Labour）的原稿。

此書出後，她的聲名遂遍於全世界，與美國紀爾曼（Gilman）夫人齊名，成為最進步的婦女經濟論者之一人了。

《夢》是一八八三年所刊行的小說集，共十一篇，都是比喻（Allegoria）體，彷彿《天路歷程》一流，文體很是簡樸，是仿新舊約書的：這些地方在現代讀者看來，或者要嫌他陳舊也未可知。但是形式即使似乎陳舊，其思想卻是現在還是再新不過的。

我們對於文學的要求，在能解釋人生，一切流別統是枝葉，所以寫人生的全體，如莫泊商（Maupassant）的《一生》之寫實，或如安特來夫（Andreiev）的《人的一生》之神秘，均無不可；又或如藹覃（F．van Eeden）的《小約翰》及穆德林克（Maeterlinck）的《青鳥》之象徵譬喻，也是可以的。

還有一層，文章的風格與著者的心情有密切的關係，出於自然的要求，容不得一點勉強。須萊納爾在《婦女與勞動》的序上說，「在原本平常的議論之外（按這是說那燒失的一部原稿），每章裡我都加入一篇以上的比喻；因為用了議論體的散文去明瞭地說出抽象思想，雖然很是容易，但是要表現因這些思想而引起的情緒，我覺非用了別的形式不能恰好的表出了。」

小說集裡的一篇《沙漠間的三個夢》據說即是從那原稿中抽出的，是那部大著的唯一的倖存的鱗片。我們把《婦女與勞動》裡的文章與《夢》比較的讀起來，也可以看出許多類似。頭兩章描寫歷代婦女生活的變遷，饒有小說趣味。全書結末處說：

「我們常在夢中聽見那關閉最後一個娼樓的鎖聲，購買女人身體靈魂的最後一個金錢的丁當聲，人為地圈禁女人的活動，使她與男子分開的最後一堵牆壁的坍倒聲；我們常想像兩性的愛最初是一條魯鈍緩慢爬行的蟲，其次是一個昏沉泥土似的蛹，末後是一匹翅膀完具的飛蟲，在未來之陽光中輝耀。

我們今日溯著人生的急流努力扳槳的時候，遠望河上，在不辨邊際的地方，通過了從河岸起來的煙霧中間，見有一縷明亮的黃金色之光，那豈只是我們盼望久的眼睛昏花所致，使我們見這樣的景象麼？這豈只是眼的錯覺，使我們更輕鬆的握住我們的槳，更低曲的彎我們的背，雖然我們熟知在船到那裡之前，當早已有別人的手來替握這槳，代把這舵了。這豈只是一個夢麼？

古代迦勒底的先知曾經見過遠在過去的伊甸樂園的幻景。所夢見的是，直到女人吃了智慧之果並且也給男子吃了為止，女人與男人曾經共同生活在歡喜與友愛之中；後來兩人被驅逐出來，在世上漂泊，在悲苦之中辛勞，因為他們吃了果子了。

我們也有我們之樂園的夢，但是這卻是遠在將來。我們夢見女人將與男人同吃智慧之果，相並而行，互握著手，經過許多辛苦與勞作的歲月以後，他們將在自己的周圍建起一座比那迦勒底人所夢見的更為華貴的伊甸，用了他們自己的勞力所建造，用了他們自己的友愛所美化的伊甸。

在他的默示裡，有一個人曾經見了新的天與新的地。我們正看見一個新的地，但在其中是充滿著同伴之愛與同工之愛。」

這一節話很足以供讀《夢》的人的參證。著者寫這兩種書，似乎其間沒有截然不同的態度，抒情之中常含義理，說理的時候又常見感情迸躍發而為詩。她在《婦女與勞動》序裡聲明藝術的缺乏，以為「這些沒有什麼關係」，但她的著作實在沒有一篇不具藝術。正如惠林頓女士（Amy Wellington）所說，「通觀她著作全體，包含政治或論辯的文章在內，在她感動了的時候，她便畫出思想來；同她的《藝術家的秘密》裡的藝術家一樣，她從人生的跳著的心裡取到她腦中圖畫的灼熱的色彩。」

她這文藝的價值或者還未為職業的批評家所公認，唯據法國洛理藹（F・Loliee）在《比較文學史》說，「訶耳士（W・D・Howells）與詹謨思（Henry James）都是十九世紀末，二十世紀初，最好的英文小說的作者；我們又加上南非洲有才能的小說家，專為被虐的人民奮鬥的選手須萊納爾，新時代的光榮的題名錄就完全了。」我們從這裡，可以大約知道這女著作家應得的榮譽了。

一九二三年七月十五日。

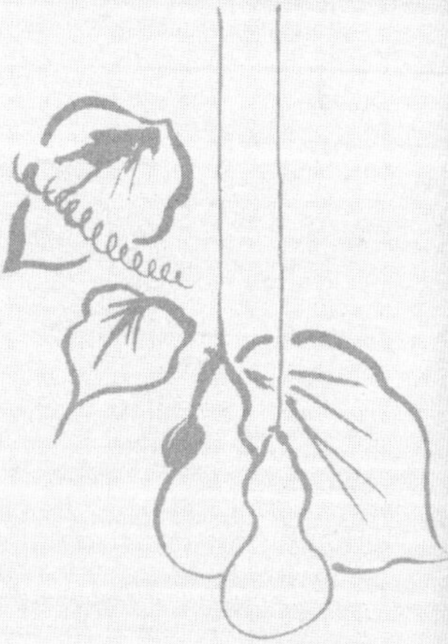

第三卷 茶話

十四年九月至十五年八月

茶話一語，照字義說來，是喝茶時的談話。但事實上我絕少這樣談話的時候，而且也不知茶味，——我只吃冷茶，如魚之吸水。標題「茶話」，不過表示所說的都是清淡的，如茶餘的談天，而不是酒後的昏沉的什麼話而已。

十四年九月十六日。

抱犢固的傳說

桂未谷著《札樸》卷九鄉里舊聞中有豹子崮這一條，即是講孫美瑤的那個山寨的。文曰，「蘭山縣有高山，俗呼豹子崮，即抱犢也。《通鑑》，『淮北民桓磊破魏師於抱犢固。』注引魏收《志》，『蘭陵郡承縣有抱犢山。』馥案，相傳有人抱犢登其顛，結庵獨居，犢大，耕以給食。有田有泉，無求人世，亦小桃源也。」

他所引的是所謂民間的語源解說（Folk Etymology），於史地的學術研究上沒有什麼價值，但如拿來作傳說看，卻很有趣味，而且於民俗學是有價值的。吾鄉的射的山是明顯的例，今就記憶所及，把未見紀錄的地名傳說抄下一兩則來，希望引起大家搜集這種材料的興趣。

紹興城裡有一條街，我未曾到過，所以不知道是在那一方，只知道名字叫做躲婆衖。據說當時王羲之替賣六角扇的老婆子在扇上寫了字，老婆子很不高興，說為什麼把扇子弄髒了，不好再賣錢，王羲之便叫她儘管放心去賣，只要說是王某人寫的，可以賣百錢一把。老婆子依他的話去賣，大家爭買，不一刻就都賣完了。

老婆子獲了大利，真是出於意外，第二天拿了許多扇子，又去找王羲之寫字，這一回他可窘了，只好躲過不見。不知他只躲了一回呢，還是每逢老婆子來找他便躲到衖裡去，總之這條衖便成了名，以後稱作「躲婆衖」了。

東郭門外三四十里的地方，有很大的河，名曰賀家池，特別讀作 Wuukcdzz。這個地名附會起來，大約只能說與賀知章有關，但在民間卻另有解說，並不看重這個賀字。據近地住民傳說，這本是一個村莊，同別的村莊一樣。有一天，農人們打稻，把稻蓬上的稻束發完之後，看見地上有突出的東西，像是一棵粗的毛筍，——但是近地沒有竹林，決不會是筍。那愚蠢的農人們想知道到底是什麼東西，動手發掘，可是這可了不得，一剎那間全個村莊都不見了，只見一派汪洋，成了今日的賀家池。原來這筍乃是龍角，鄉下人在龍頭上動起土來，自然老龍要大發其怒了。

聽說至今在天朗氣清的時候，水底還隱約看見屋脊。但是我於花辰月夕經過此地不下十次，憑舷默坐，既不見水底的瓦楞，也不聞船下的人語，只有一竹篙打不到底的一片碧水準攤眼前而已。

這些故事，我們如說它無稽，一腳踢開，那也算了；如若虛心一點仔細檢察，便見這些並不是那樣沒意思的東西，我們將看見《世說新語》和《齊諧記》的根芽差不多都在這裡邊，所不同者，只是《世說新語》等千年以來寫在紙上，這些還是在口耳相傳罷了。我們並不想做「續世說」，但是記錄一卷民間的世說，那也不是沒有趣味與實益的事罷。

十四年二月十六日夜中。

永樂的聖旨

《立齋閒錄》，據四庫子部存目所記凡四卷，明宋端儀著。我所見的是明抄《國朝典故》殘本，只有上兩卷了。第二卷係記「靖難」時事，有黃子澄等四十八個「奸臣」的事蹟，其中有幾節白話諭旨頗有意思，今抄錄於下（原本脫誤費解處均仍其舊）。

永樂十一年正月十一日教坊司等官於右順門口奏，「有奸惡齊泰姊並兩個外甥媳婦，又有黃子澄妹，四個婦人，每一日一夜，二十條漢子看守著，年少的都懷身孕，除生子令做小龜子，又有三歲小女兒。」奉欽依，「由他不的長到大便是個淫賤材兒。」又奏，「當初黃子澄妻生個小廝，如今十歲也，又有使家有鐵信家小妮子。」奉欽依，「都由他，欽此！」

正月二十四日校尉劉通等賫帖一將科引犯人張烏子等男婦六名，為奸惡事；又引犯人楊大壽等男婦五百五十一名，為奸惡事。欽依，「是，連這幾日解到的都是練家的親，前日那一時起還有不罕氣的在城外不肯進來，嗔怪摧他，又打那長解錦衣衛把廝每都拿去，同刑科親審。親近的揀出來便凌遲了，遠親的發去四散充軍；若拿遠親不肯把近親的說出來，也都凌遲了。」

謝昇妻韓氏年三十九，本年九月二十日送淇國公丘福處轉營姦宿。

教坊司右韶舞安政等官於奉天門奏，「有毛大芳妻張氏年五十六，病故。」奉聖旨，「著錦衣衛分付上元縣抬出門去著狗吃了，欽此！」

永樂某年某月二十三日禮科引犯人程亨等男婦五名，為姦惡事，合送該衙門。奉欽依，「是，這張昺的親是鐵，錦衣衛拿去著火燒，欽此！」

以上五節，當作史實看去，發生於十五世紀初，在歐洲也正在舉行神聖裁判，似乎不足為奇：五百年來，世界究竟變好了不少了。但是在中國，如夏穗卿先生所說，「唐以後，男子是奴隸，女子是動物了」，這個現象至今還未大變，我們到底不知道自己住著的是文明的還是野蠻的世界。

我相信像上邊所錄的聖旨是以後不會再有的了，但我又覺得朱棣的鬼還是活在人間，所以煞是可怕。不但是講禮教風化的大人先生們如此，便是「引車賣漿」的老百姓也都一樣，只要聽他平常相罵的話，便足以證明他們的心是還為邪鬼所佔據。——趕走這些邪鬼是知識階級的職務，我希望他們多做這一步工夫，這實在要比別的事情更為根本的。

保越錄

元至正中，朱元璋麾下大將胡大海率兵攻紹興，呂珍守城抵禦，次年圍解，徐勉之紀其事為《保越錄》一卷。所記明兵暴行，雖出自敵人之口，當非全無根據，胡大海與楊璉真伽覺得沒有什麼區別。

「敵軍發掘冢墓，自理宗慈獻夫人以下至官庶墳墓無不發，金玉寶器，捆載而去，其屍或貫之以水銀，面皆如生，被斬戮污辱者尤甚。」

「城外霖雨不止，水澇泛溢敵寨，溽暑鬱蒸，疫癘大作。敵軍首將祈禱禹廟，南鎮，不應，乃毀其像，僕窆石。」

但是最有趣味的乃是這一條，記至正十九年（一三五九是年英國文學之父 Chaucer 方二十歲）二月裡一次戰爭的情形的。

「庚午，敵軍攻常禧門，……縱橫馳突，詬詈施侮。總管焦德昭倪昶等分部接戰。公（呂珍）躍馬向敵軍，一騎來迎。公叱曰，『汝是誰？』曰，『我捨命王也。』語未畢，公揮欓杈已中其頤，遂擒以還。敵軍披靡。」

我們讀《三國志演義》，《說唐》，《說岳》，常看見這種情形，豈知在明初還是如此，而且又是事實。我們如說十四世紀，覺得這是中古時代，單槍匹馬大戰數十合是武士的常事，但說到元明便彷彿是不很遠，要算是近代了，所以不免覺得有點希奇。其實這種情形在火器通行以前大約繼續存在，我想在洪楊時代恐怕也還是如此罷（個人鬥毆時至今存著這個遺跡）。

芳町

芳町（Yoshicho）是日本東京的一個地名，在德川時代（一六〇三－一八六七）是「象姑」——稱作ㄎㄚㄍㄝㄇㄚ（Kagema）——的薈萃之區，所以在諷刺的風俗詩川柳里芳町二字，便當作她們（？）的代名詞了。

日本的象姑，不能如琴言那樣見賞於學士大夫，過訪的人大抵都是些武士道的武士，假扮作醫師的和尚（因為醫師大概是僧形，即緇衣削髮，雖然不算出家），以及公侯府裡的女官。文學上特別有一類論文小說，韻文方面則川柳時常說起，其他歌俳便有點避之若浼了。

古川柳有一句云：

Seni harao

Kaete Yoshicho

Kiakuo tori

即是說最後的一項——招待女客的，但是文句卻不很便於直譯了。

明治維新以來，此種風雅的傳統遂絕，現在的「伶官」大抵專門演藝。我於光緒末年（一九〇六）初次到北京的時候，還得親見相公們丰采，第二次（一九一七）來時彷彿也不見了。閱中野三允著《古川柳評釋》（本年六月出版），在關於芳町的一句下面，有阪井久良岐的這樣一節注釋：

「川柳里說起芳町，即是指象姑，明治時有酒樓名百尺者，乃此類伎樓之一的舊址。支那戲子中多有象姑。前日往觀梅蘭芳演藝，得此一句。

Pekin-kara kite

Yoshicho no

Iro-o mise」

大意云，遙遙地從北京跑來，給我們看芳町的色相。原本更要簡煉，翻譯時要想達意，說得很累墜了。久良岐是日本新川柳的「大師」，世有定評，但是眼光似乎稍舊，所以那樣的說，恐怕要大招中國梅派的怨恨，——這一點未免令我抱歉，有點對不起他老先生。久良岐的脾氣似乎也不很好，倘若我們相信廢姓外骨在他的《變態知識》（川柳研究月刊，現已停）上所說，但在介紹者方面總不能不負代為招到中國人的怨恨之責。

蠻女的情歌

日本新村出著《南蠻更紗》中第七篇《關於南蠻的俗歌及其他》項下有這樣的一節：

「築前韓泊地方有水手名孫太郎者，明和（一七六四—一七七一）初年漂流到婆羅洲，歸來後敘南洋的奇聞，築前儒者青木定遠紀錄考證，著為《南海紀聞》一書。孫太郎在南方海港班札耳瑪辛聽黑人唱歌，記了幾首回來，有三首附錄在卷末。馬來系的婆羅語原歌今不重引，唯有一首經定遠譯為漢文，其詞曰：

白鳥飛未過，

少年白晳且歸支那。

又釋其義曰，『崑崙奴之女悅支那年少顏色白晳，惜其歸也。』文詞單純，作詩歌論別無可稱，且實際上打鑼鼓用鑾聲歌唱，粗鄙當不可耐，唯讀《紀聞》中這幾節文章：

『**鸚哥** 種類甚多，有紅白綠或五色者。孫太郎往樵採時，常在山野見之，三三五五，聯翩飛集花木間，可謂奇觀。在班箚耳瑪辛亦籠養愛玩，以蔗糖水飼之云。』

『**孔雀** 在班札耳瑪辛各家蓄養之。早晨飛去，白晝翱翔空中，仰望之僅如燕大，薄暮各歸其家棲宿，云云。』

聯想這種情景，誦那首歌詞，覺得黑女的相思也正是恰好的題材，若更以德川時代的氣分玩味之，別有情趣。那個海港在明代即與支那通商，為海商往來之地，亦見於《東西洋考》，稱作文耶馬神。因此，這『白鳥未過』的小歌也令人想起那《松葉》集中《長崎的雞》那一篇來了。」

《松葉》係元祿十六年（一七〇三）編刊的俗歌集，卷一中有一首歌云：

「長崎的雞是不識時辰的鳥，
半夜裡叫了起來，送走了郎君。」

唐張文成著《遊仙窟》中有句云：「可憎病鵲，夜半驚人，薄媚狂雞，三更唱曉」，常為日本注俗歌者所引，大意相同。

豔歌選

《豔歌選》初編一卷，烏有子著，日本安永五年（一七七六）刻板，現藏東京上野圖書館中。原書未得見，僅在湯朝竹山人編《小唄選》中見其一部分計二十六首，首列俗歌原本，後加漢譯。憑虛氏序言云，「烏有先生嘗遊酒肆，每聞妓歌，便援筆詩之，斷章別句，縱橫變化，翻得而妙矣。」（原係漢文，間有不妥處，今仍其舊，不加更正。）又例言云：

「和華相去遼遠，異言殊音，翻此歌以成彼詩，斟酌增減，各適其宜，要在通情取意，不必句句而翻之，字字而譯之。

「里巷歌謠，率出於流俗兒女之口，而翻之以成詩，自不得渾雅矣，間亦有翻難翻者，殆不免牽強焉。總是杯酒餘興，聊自玩耳，而或人刊行於世，蓋欲使幼學之徒悅而誦之，習熟通曉，乃至於詩道也。固非近時狡兒輩佚離之言，自以為詩為文，鍥諸梨棗，但供和俗顧笑，假使華人見之則不知何言之比也。世人幸詳焉。」

日本十七八世紀是尊重漢學的時代，所以翻譯俗歌也要說是詩道的梯階，其實這位烏有先生的意思似乎不過在表示他的詩才，挖苦那些「狡兒輩」罷了。他的譯詩，看上邊的例言可以知道是不很「信」的，但是有幾首卻還譯得不壞，今錄於下，不過他是學絕句和子夜歌的，所以他的好處也只是漢詩的好處，至於日本俗歌的趣味則幾乎不大有了。

其一

縱不遇良人，但願得尺素。
尺素如可得，良人似還遇。

其二

濃豔花滿枝，枝高不可折；

徒羨雙飛鳥，妾心獨斷絕。

其三

春宵君不見，獨對落花風；
伊昔情無盡，只今歡已空。

其四

昔時未相值，但含眷戀情，
更堪今夕別，暗淡聽鐘聲。

其五

淒涼獨酌酒，聊欲忘憂思；
憂思不可忘，獨酌難成醉。

其六

歌送東關人，舞迎西海客；
為月還為花，春朝復秋夕。

其七

門前櫻正發，何事繫君駒？
君駒嘶且躍，花飛滿庭衢。

其八

郎意欲迎妾，妾身寧得行？
行程五百里，風浪轉相驚。

其九

閨裡通宵臥，擁歡何限情，
任他窗外月，此夜自陰晴。

明譯伊索寓言

中國翻譯外國文學書不知始於何時。就我們所知道，「冷紅生」的《巴黎茶花女遺事》之前曾有什麼《昕夕閒談》，當時是每期一張附在瀛寰什麼的裡面。這是一種鉛字竹紙印的定期刊，我只見到一期，所載《昕夕閒談》正說到喬治（？）同他的妻往什麼人家去，路上她罵喬治走得太快，說「你不知道老娘腳下有雞眼，走不快麼？」

這一節我很清楚的記得；那時大概是甲午（一八九四）左右，推想原本雜誌的出版至少還要早十年罷。後來在東京上野圖書館見到一八四〇年在廣東出版的《意拾蒙引》，才知道還有更早的文學書譯本。這「意拾蒙引」就是伊索寓言四個字的別譯，當時看過作有一個簡要的解題，可惜這本筆記於移家時失落，現在只記得這是一本英漢對照的洋裝書，至於左邊的一面究竟還是英文或羅馬字拼的漢音，也已經記不清了。

據新村出氏《南蠻廣記》所說，明末也有一種伊索漢譯本，特巴克耳（De Bakker）的《耶穌會士著述書志》內金尼閣（Nicolas Trigault）項下有這樣一條。

「況義（伊索寓言選）

西安府，一六二五年，一卷。」

這一部書當時似曾通行於中國日本，但現已無存，新村氏只在巴黎圖書館見到兩本抄本，詳細地記在《南蠻廣記》裡邊。金尼閣是比利時人，著書甚多，有《西儒耳目資》一書講中國言語，東京大學曾得一本。他又為第一個見到景教碑的西洋人，時在一六二五年，與《況義》成書之年相同，而筆述的張賡似亦即發見景教碑的保羅張賡虞，覺得非常巧合。唯譯文殊不高明，今將新村氏所錄《況義》二則（原本共二十二則）及跋文轉錄於下，以見古譯書面目之一斑。

況義一

一日形體交疑亂也，相告語曰，我何繁勞不休？首主思慮，察以目，聽以耳，論宣以舌，吃嚌以齒，揮握奔走以手足：如是，各司形役，但彼腹中脾肚，受享晏如，胡為乎宜？遂與誓盟，勿再奉之，絕其飲食。不日肢體漸憊，莫覺其故也；首運，目瞀耳聵，舌槁齒搖，手足亶。於是腹乃吁曰，慎局勿乖哉，謂予無用，大脾源也，血脈流派，全體一家。抑脾庖也，爾饔爾餐，和合飽滿，具咸寧矣。

義曰，天下一體，君元首，臣為腹，其五司四肢皆民也。君疑臣曰，爾靡大官俸；愚民亦曰，厲我為。不思相養相安，物各有酬，不則相傷，無民之國無腹之體而已。

同六

一犬噬肉而跑，緣木梁渡河，下顧水中肉影，又復雲肉也，急貪屬啖，口不能噤，而噬者倏墜。河上群兒為之拍掌大笑。

義曰，其欲逐逐，喪所懷來，尨也可使忘影哉！

跋況義後

余既得讀張先生《況義》矣，問先生曰，況之為況何取？先生曰，蓋言比也。余乃規然若失，知先生之善立言焉。凡立言者，其言粹然，其言凜然，莫不歸之於中，至於多方誘勸，則比之為用居多；是故或和而莊，或寬而密，或罕譬而喻，能使讀之者遷善遠罪而不自知。是故宜吾耳者十九，宜吾心者十九，且宜耳宜心者十九，至於宜耳不宜心者十不二三焉。

張先生憫世人之懵懵也，西海金公口授之旨，而諷切之，須直指其意義之所在，多方開陳之，顏之曰「況義」，所稱寬而密，罕譬而喻者則非耶。且夫義者宜也，義者意也，師其意矣，須知其宜，雖偶比一事，觸一物，皆可得悟，況於諷說之昭昭者乎？然則余之與先生之與世人，其於所謂義一也，何必況義，何必不況義哉！後有讀者取其意而悟之，其於先生立言之旨思過半矣。鷲山謝懋明跋。

附記

上文輾轉傳抄，錯誤頗多，但無從校正，今但改正一二處明瞭筆誤，此他文字句讀悉仍其舊，唯換用新式標點罷了。

一九二五年十月四日。

再關於伊索

以前在講明譯《伊索寓言》這一條裡說起在一八四〇年出版的《意拾蒙引》，近閱英國約瑟雅各（Joseph Jacobs）的《伊索寓言小史》，知道關於那本《蒙引》還有一件小故事。據他引摩理斯（R·Morris）在《現代評論》（Contemporary Review）第三十九卷中發表的文章，云《意拾蒙引》出版後風行一時，大家都津津樂道，後來為一個大官所知，他說道，「這裡一定是說著我們！」遂命令將這部寓言列入違礙書目中。

這個故事頗有趣味，雖然看去好像不是事實。《意拾蒙引》是一本中英（？）合璧的洋裝小冊，總是什麼教會的附屬機關發行，我們參照現在廣學會的那種推銷法，可以想見他的銷行一定不會很廣的，因此也就不容易為大官所知道，倘若不是由著者自己送上去，如凱樂思博士（**Paul Carus**）之進呈《支那哲學》一樣。至於說官吏都愛讀《意拾蒙引》，更是不能相信。西洋人看中國，總當他是《天方夜談》中的一角土地，所以有時看得太離奇了。但這件故事裡最重要的還是《意拾蒙引》曾否真被禁止這一節，可惜我們現在無從去查考。

遵主聖範

前幾天在東安市場舊書攤上見到一冊洋裝小本的書，名曰「遵主聖範」，拿起來一看，原來乃是 Imitatio Christi 的譯本。這是一九一二年的有光紙重印本，係北京救世堂（西什庫北堂）出版，前有一八七五年主教類斯田的序文。

這部《遵主聖範》是我所喜歡的一種書（我所見的是兩種英譯），雖然我不是天主教徒。我聽說這是中世紀基督教思想的一部代表的著作，卻沒有道學家的那種嚴厲氣，而且它的宗旨又近於神秘主義，使我們覺得很有趣味。

從文學方面講，它也是很有價值的書。據說這是妥瑪肯比斯（Thomas Kempis 1379—1471）做的，他與波加屈（Giovanni Boccaccio 1313—1375）雖是生的時地不同，思想不同，但同是時代的先驅，他代表宗教改革，正如波加屈代表文藝復興的潮流。

英國人瑪格納思（Laurie Magnus）在《歐洲文學大綱》卷一上說：

「出世主義是《遵主聖範》的最顯著的特色，猶如現世主義是《十日談》（Decameron）的特色。我們回顧過去，望見宗教改革已隱現在那精神的要求裡，這就是引導妥瑪往共生宗的僧院的原因；我們又回顧過去，從波加屈的花園裡，可以望見文藝復興已隱現在那花市情人們的決心裡，在立意不屈服於黑暗與絕望，卻想用盡了官能的新法去反抗那一般的陰暗之計畫裡了。無論在南歐在北歐，目的是一樣的，雖然所選的手段不同。共同的目的是忘卻與修復；忘卻世上一切的罪惡，修復中古人的破損的心，憑了種種內面的方法。

「《十日談》裡的一個貴女辯解她們躲到鄉間去的理由道，『在那裡我們可以聽到鳥的歌聲，看見綠的山野，海水似地動著的稻田，各色各樣的樹木。在那裡我們又可以更廣遠地看見天空，這雖然對我們很是嚴厲，但仍有它的那永久的美；我們可以見到各種美的東西，遠過於我們的那個荒涼的城牆。』正是一樣，妥瑪想忘卻他的心的荒涼，憑了與天主的神交修復他精神的破損。」

這一部中世紀的名著中國早有了漢譯，這是我所很欣喜的。據類斯田主教序上所說，「其入中國文字者，已經數家，但非文太簡奧，難使人人盡解，即語太繁俗，且多散漫，往往有晦作者之意。」，可見很早就有譯本，可惜我們都不知道。單就這一八七五年本來說，也就很可珍重，計那時正是清光緒元年，距今不過整五十年，但是文學翻譯的工作還未起頭，就是最早的冷紅生也還要在二十年後，而《遵主聖範》新譯已出，並且還是用「平文」寫的，更是難得了。

自然，新舊約的官話譯本還要在前，譯時都從宗教著眼，並不論它文藝的價值，這也是的確的，但我們無妨當它作世界文學古譯本之一，加以把玩。《遵主聖範》的譯文雖不能說是十分滿意，然而在五十年前有這樣的白話文（即平文），也就很可佩服了。今抄錄卷一第五章的譯文於下，以見一斑。

論看聖書

「看聖書，不是看裡頭的文章，是求裡頭的真道；是欲得其中的益處，不是看文詞的華美。看書之意與作書之意相合，方好。要把淺近熱心的書與那文理高妙的書一樣平心觀看。你莫管作書者學問高低，只該因愛真實道理，才看這部書。不必查問是誰說的，只該留神說的是什麼。

人能死，天主的真道常存。不論何等人，天主皆按人施訓。只因我們看書的時候，於那該輕輕放過的節目偏要多事追究，是以阻我們得其益處。要取聖書之益，該謙遜，誠實，信服，總不要想討個博學的虛名。你該情願領聖人們的教，緘口靜聽。切莫輕慢先聖之言，因為那些訓言不是無緣無故就說出來的。」

又如卷二第十二章論十字聖架之御路十四節中有這幾句話：

「你須真知灼見，度此暫生，當是刻刻赴死。人越死於自己，則愈活於天主。」這譯語用得如何大膽而又如何苦心，雖然非支及拉耳特（Fitzgerald）的徒弟決不佩服，我卻相信就是叫我們來譯也想不出別的辦法來的了。

末了，我又想起來了，倘若有人肯費光陰與氣力，給我們編一本明以來的譯書史，——不，就是一冊表也好，——那是怎麼可以感謝的工作呀。

【附】再論遵主聖範譯本　陳垣

閱《語絲》週刊第五十期，有《遵主聖範》一則，特將敝藏所藏此書漢譯諸本，介紹於眾：

一《輕世金書》：一六四〇年陽瑪諾譯，一八四八年上海重刊本。陽瑪諾葡萄牙國人，一六一〇年至中國，傳教北京江南等處，後駐浙江。一六五九年卒。墓在杭州方井南。其所譯著，尚有《聖經直解》，《十誡直詮》，《景教碑頌正詮》，《天問略》等。《天問略》曾刻於《藝海珠塵》中。此書用《尚書》謨誥體，與所著《聖經直解》同，其文至艱深，蓋鄞人朱宗元所與潤色者也。宗元為天主教信徒，順治五年舉人，康熙《鄞縣誌》稱其博學善文，所著有《拯世略說》，《答客問》等，文筆酣暢，與此書體裁絕異。宗元之意，以為翻譯聖經賢傳，與尋常著述不同，非用《尚書》謨誥體不足以顯其高古也。結果遂有此號稱難讀之《輕世金書》譯本。茲錄其小引如左，亦可見其譯筆之一斑。

客瞥書頟，訝曰：「世熱讕劣，人匪晻曖，僉知，先生譯茲，毋乃虛營？」答曰：「世讕誠然，克振拔者幾！聖經云，眾人竟敗，靈目悉眯，鮮哉冀明厥行，詎云虛營！」幾欲操觚，獲篤瑪大賢書，縷厥理。若玩茲書，明悟頓啟，愛欲倏發。洞世醜，曰「輕世」，且讀貴若寶礦，亦曰「金書」。

玩而弗斁，貧兒暴富，無庸搜廣籍也，統括四卷，若針南指，示人遊世弗外。初導興程，冀人改愆，卻舊徙新識己。次導繼程，棄俗幻樂，飫道真滋，始肄默工。次又導終程，示以悟入默想，已精求精。末則論主聖體，若庀豐宴福，善士竟程，為程工報。茲四帙大意也。書理而夷奇，咀而愈味。但人攻敎，或弦遵誡，或強希聖，雖趣志人殊，然知玩僉裨，是書奚可少哉！

昔賢曆回回邦，王延觀國寶，既閱群書藏，出茲書曰：「知是書耶？」賢曰：「茲乃聖教神書，王不從，焉用？」王曰：「寡人寶聚皆貴，茲書厥極，蓋寶外飾，是書內飾，欽哉。」西士鑽厥益曰：「人或攖疑，或罹患，罔策決脫，若應手攬書，即獲決脫，厥效神哉！」又擬曰：「經記昔主自空命降滋，味謂瑪納，因字教眾，奇矣其奇，味雖惟一，公含諸味，人貪某味，瑪納即應，書惟一。諸德之集，自逞之抑，自諉之勗，失心之望，怠食之策，妄豫之禁，虛恐之釋，惡德之阻，善德之進，靈病之神劑也。自天降臨瑪納，信乎，諸會士日覽，貲若神，是故譯之。友法茲探驗，靈健，蒙裨奢矣。極西陽瑪諾識。

二《輕世金書便覽》：一八四八年呂若翰撰，一九〇五年廣東重刊本。呂若翰，粵之順德人，天主教士，以陽瑪諾《輕世金書》難讀，特仿《日講書經解義》體，為之注解，詞旨條達，可為陽譯功臣。

三《遵主聖範》：一八七四年田類斯重譯，一九一二年北京救世堂本。此即《語絲》第五十期所介紹之本。田類斯為味增爵會北京主教。觀其自序似「遵主聖範」譯名，並不始於田類斯，田不過據舊譯重為刪訂而已。余見重慶聖家堂書目，有《遵主聖範》一種，未識為何本。此本純用語體，比《輕世金書》易曉，故頗通行。又田序言舊譯尚有《神慰奇編》，余求之十餘年，未之見。

四《遵主聖範》：一八九五年柏亨理重譯，一九〇四年上海美華書館本。柏亨理為耶穌教士。此本即據田類斯本，改語體為文體，凡田本「的」「這」「我們」等字，均易以「之」「此」「我等」。凡稱天主處，均易以上帝。其自序言「著此書者乃根比斯之篤瑪，德國人，生於一千三百八十年，十九歲入修士院，在彼七十餘年，至九十二歲而卒。

其書乃其六十一歲時所著，原文用拉低尼語，至今譯已經六十餘種話語。

今特將天主教會主教類斯田所刪定之本，略改數處；免門徒見之，或生阻礙。其字面有更換者，乃為使其尤易通行雲。」柏亨理之意，蓋以文體為比語體通行，然細審其書，文筆平凡，似無謂多此一舉。

五《師主編》：一九〇一年蔣升譯，一九〇七年上海慈母堂本。

蔣升為天主教耶穌會士，其凡例稱「是書譯本已有數種，或簡故奇倔，難索解人；或散漫晦澀，領略為難；或辭取方言，限於一隅；今本措詞清淺，冀人一目了然」。又云，「各譯本題額不同，或名『輕世金書』，或名『神慰奇編』，或名『遵主聖範』，似與原本顏名不甚符合，故區而別之，顏之曰『師主編』云。」《神慰奇編》余未見，此書所譏簡故奇倔，似指《輕世金書》，辭取方言似指《遵主聖範》，然則散漫晦澀，當指《神慰奇編》也。此譯純用文言，詞句比較淺達，似視柏本為優矣，河間獻縣亦有刊本。

六《遵主聖範新編》：一九〇五年香港納匝肋靜院本。

此本無譯者姓名，似係將田本改譯，其用語比田本更俗。重慶聖家堂書目，亦有《遵主聖範新編》，未識與此本同否。今特以《語絲》第五十期所舉田譯之卷一第五章譯文為例，將陽譯《輕世金書》蔣譯《師主編》與此本譯文，並錄如左，比類而觀，亦可見諸家之優劣矣。

《輕世金書》譯文——恒誦聖經善書

誦聖經等書，求實勿求文。主並諸聖以聖意敷書，吾亦可以聖意誦之。圖裨靈明，毋圖悅聽。章句或雅或俚，吾惟坦心以誦，勿曰作者何士。行文淺深，惟視其書之旨，作者骨雖已朽，其精意偕主真訓，恒留書內。主冀吾聆，不判彼此，奈人喜察超理，卒莫承裨。夫欲承之，則宜遜矣。勿怙己睿，勿以言俚而逆意，勿以理在而加損，以沽儒者名。或時值理有不決，可虛衷以問，勿遽輕古賢喻；古之賢者皆有為也，敢不欽哉。

《師主編》譯文——論讀聖經

人於聖經宜求者，真實也，非詞章也。閱諸聖經者，宜體作者之心。吾儕於聖經，寧求實益，毋求言詞之高妙。書之平易熱心者，吾宜樂誦之，如誦高深者。著書者之才力，或小或大，無干於汝，惟愛實理之心引汝誦閱耳。汝毋究言此者何人，惟留意於所言者何理。

人固往焉，而主之真實永存。天主以多式訓我，無分人之彼此。吾儕好異之心，屢阻我誦閱聖經；蓋當闕疑之處亦欲深知推究也。汝若欲收其益，宜謙遜純樸忠誠而誦之，終不願有博知之名。汝宜甘於請問，默聽聖德之言，勿厭古人所設之喻，蓋決非無故而設此喻也。

《遵主聖範新編》譯文——讀聖經看善書的正法

看聖書不要貪高妙的文法，只要想真實的道理；看聖經的意思，該當體合造聖經的志向才是。總是咱們不該在聖經上找細微的言詞，只該專務有益的教訓。若聖經以外能彀動心的善書不論是美妙深奧的，或是樸素無文的，都該要一樣的愛看。你別誤工夫，搜尋做書的是何等人，他的學問高低何如，引著你看書的，只要有一個愛慕純實道理的心才好。你也別問這話是誰說的，你只管在那話的意思留神。

人再沒有個不死的，只有天主的真理，是永遠不會變的。天主不論是何等人，千方百計都一齊要教誨的。但屢屢的有肯察訪肯窮究的毛病，耽擱了看聖經讀書的神益。因為有該老實信從的道理，我們反倒盡子要推論要細究。你要看聖書取個神益，該謙遜，該老實著信服看才是，總不要圖一個博學的虛名。你該情願領聖人們的教，嘿嘿的留神聽他的話。就是古聖賢的俗語，你也不要嫌他，因為這些訓言，都不是無緣故的說給你聽的。

又《語絲》第五十期所舉卷二第十二章十四節之文，今亦將諸本譯文列下：

陽譯　自視如殂，遺世偽樂，靈性始生。

蔣譯　汝宜需死以度生，當知為確實之理；凡愈死於己者，始愈活於天主。

新編　你還要知道你在世上的暫生，該是一個常死；一個人越死於自己，他越活於天主。

七《輕世金書直解》：一九〇七年王保祿撰，一九〇九年北京刊本。王保祿為北京味增爵會士，原序不著姓名，余從《經書目錄》知為王保祿撰。唯《經書目錄》稱此書為一九〇三年重印，而原序則末署光緒丁未秋，丁未為一九〇七年，疑目錄誤耳。序稱此書仿《南華發覆》作，《南華發覆》者，坊間《莊子》注本，本文大字，而以疏解之文作小字，納入本文中，俾讀者聯貫而讀之，其能免續鳧斷鶴削趾適屨之譏者鮮矣。

然觀其自序，可見田譯《遵主聖範》之不能盡滿人意，而後人興反古之思。其序有曰，「《輕世金書》乃聖教神修之妙書也。明末極西耶穌會士陽瑪諾譯入漢文，甬上朱子宗元訂正之，而字句簡古，文義玄奧，非兼通西文者往往難得真解。今之淺文《遵主聖範》，即同一書也。然雖有《遵主聖範》，而人多以能讀《輕世金書》為快，求為講解者甚夥，」即其證也。

又云，《遵主聖範》與現今通行之西文本相同，而《輕世金書》則與現今通行之西文本繁簡迥異，疑當時所據者另為一本。今《遵主聖范》《師主編》卷三，均五十九章，而《輕世金書》卷三則六十四章。細相比勘，知第三第十五第二十七各章之下，《輕世金書》均多一章，第二十三章之下，《輕世金書》則多二章。其篇章分合不同，抑詞句多寡有別，非得三百年前蠟頂文原本校之不可，是在好學君子。

一九二五年十月三十一日北京

【附】三論遵主聖範譯本　張若谷

前讀《語絲》第五十期「茶話」中《遵主聖範》一則後，我狠想把別種譯本也同時給諸君介紹出來，前天見《語絲》第五十三期上，陳援庵君已先我而發，做了一篇《再論遵主聖範譯本》，歷舉《輕世金書》，《師主編》等七種譯本，也可以見到陳君家藏書籍的豐富了。但是，我覺得還有幾種譯本，為陳君等所遺漏的，現在補錄在下面。

《遵主聖範》：此書無譯者姓名，亦無印行的年代和地名，共有四本，用連史紙鉛印。吾曾見其甲乙二種，（甲）卷頭有「遵主聖範並言」六字，（乙）無「並言」二字，此種刻本，疑即陳君見於重慶聖家堂書目的一種。惟已經再版翻印過，故微有不同處耳。譯文純用文言體裁，現錄其論善讀聖經書籍一章，以見一斑。

論善讀聖經書籍——（失名）《遵主聖範》本

人於聖經，宜求真理，不求華文也。看聖經者，宜體貼紀錄聖經之至意也。寧求聖經益己之靈，不務言詞高妙也。平易之書而能動心者，宜樂玩之便如看高妙之書也。勿厭著書者係何等人，或博學，或庸常，但汝看書宜慕其純實之理為指引也。不宜問是何人所說，宜問所說是何理而細想之。

人易過往不能久留，惟主真實之言常在也。主可教示於人以多術，並亦不分所用以教於人者為何等人也。看聖經時每有愛查究之心，則此心能阻己受聖經之益。其經文未解之處，宜樸看過，定要明辨盡究者則不可得也。若欲善書有益於汝，看時宜謙宜誠宜純樸，再不可有心求博之虛名也。汝宜歡心問人所未知之理，又宜默聽聖人之言，勿厭古人之諺。蓋古人之諺必有所謂，非無故而言也。

《師主篇》：此書與陳君所舉蔣升譯本，同名異文，一九〇四年天主教耶穌會士李友蘭重譯，一九〇五年河間府勝世堂重印。我曾見其一九〇四年印本，「並言」後不記姓名，一九〇五年本，則「並言」後有光緒三十一年冬耶穌會後學李友蘭謹識字樣。譯文用燕北官話，其論讀聖經一章如下：

論讀聖經——李譯《師主篇》

一，在聖經上當求的是真理，不是文詞。天主作聖經的心神，就是念聖經理當求的心神。所以我們念聖經，當求益處，不求文法。別的聖書，或話淺情深的，或辭高意奧的，我們當一樣念法。念聖書，但為貪求真理，至於書是誰做的，他的學問或大或小，不當介意。總而言之，這話是誰說的，你不必問，這話的意思，你當留神。

二，一總的人都有死，天主的道理常存。不論我們尊卑富窮，天主用許多法子教訓我們。為善念聖書，我們好事之心是一個阻當，有地方本當輕輕讀過，我們反要深思明辯。你願意得益處，念聖書當謙遜，當老實，又當有信德，總不當有求名的意見。不懂得的字句，你當甘心就正，聖賢的講解又當靜聽，長者的比喻更不可輕忽，因為那些比喻不是無緣無故的說出來的。

《師主吟》：一八九八年蔣升（？）撰，一八九八年上海土山灣印書館印本，一九一一年重印，此書的體裁，是「按《師主》之道，不辭不文，而為吟者也。」——見序文。論吟經一首如下：

誦經書，貴實理，毋求詞采誇虛靡，耶穌群聖敷聖意，吾人誦讀當如此。圖裨靈明非悅聽，章句罔判精與俚。作者何意莫辨別，行文淺深不之訾。奈人喜察起性旨，拋卻精華取糠粃，時逢書中理未明，不肯虛衷啟問齒。卒至書是書吾是吾而已！

塞文狄斯

張慈慰先生在《論婦女的智力》（《晨報副刊》一四〇二）文中引有一段很有趣的故事云：

從前有一個人到西班牙去，看見路上一個衣服破裂不堪形如乞丐的人，旁人告訴他，這就是寫 Don Quixote 的 Cervantes。他覺得西班牙政府太不近情理，對於這樣偉大的詩人，還不扶助。但他的朋友就告訴他，只因西班牙政府沒有扶助，這詩人才寫出這偉大的著作，否則我們就沒有這樣一本書了。

上文是見於十一月二十三日的報上，我們再查十一月七日發行的《現代評論》第四十八期，見西瀅先生的《閒話》內也有相像的話：

有人遊歷西班牙，他的引導者指了一個乞丐似的老人說，那就是寫 Don

Quixote的Cervantes。聽者驚詫道：「塞文狄斯嗎？怎樣你們的政府讓他這樣的窮困？」引導者道：「要是政府養了他，他就不寫Don Quixote那樣的作品了。」

我覺得這個故事很是有趣，不禁發了一點考據癖的癡，要找出它的出典來，於是拿了幾種西班牙文學史以及評論來亂查一陣，可是都不在那裡邊。後來查到一本《塞文狄斯評傳》，是英國《吉訶德先生》譯者Henry Edward Watts所著，第十二章中說及Marquez Torres記述一件故事，足以見塞文狄斯的聲名在當時是怎樣的大。

一六一五年（塞文狄斯那時是六十八歲，次年他就死了）二月二十五日，Torres跟了妥勒陀地方主教去回訪法國專使，隨員中有好些人都愛讀塞文狄斯的著作。

「他們如此熱心讚美，我便允許引導他們到一處地方，可以看見那個著者，他們非常願意。他們詢問他的年紀，職業，身分和境況，我只好答說他年老了，是一個軍人，是紳士，很窮；於是一個人問道：但是西班牙為什麼不用公款資助這樣的人，使他富有些呢？又一個人很深刻的說道：若是窮困逼迫他著書，那麼願上帝不要使他富有，他自己雖窮困，卻可以用了他的著作使世界富有。」

James Fitzmaurice Kelly 的精確的《塞文狄斯傳》第十二節中也這樣說，大約這段敘述是可靠的了，因為 Kelly 是英國現在的西班牙文學的「權威」。雖然有人說法國人真去會過塞文狄斯，但他似乎不相信，因他在下文這樣的說，「倘若那些法國的愛讀者真讓 Torres 引導到塞文狄斯的家裡去，他們便會得從周圍的情狀看出他真是窮困。」

他的確是窮。一五九〇年十一月八日塞文狄斯為得賒了值四十塊錢的布匹，由他和他的保人與布店訂立一個合同，還有四個公證作中，真如傳中所說鄭重得盡夠擔保公債了。一六〇一年冬政府問他追還虧空的公款時，他也是「自己尚無衣食之資」，所以第二次下了牢。他的窘況確是歷歷如見，但似乎他那懸鶉百結的真相卻終於沒有人親見，——自然他的親戚朋友是看見的，不過不曾見諸記錄。

《吉訶德先生》（全名是「拉曼差的聰敏的紳士吉訶德先生」）是我所很喜歡的書之一種，我在宣統年前讀過一遍，近十多年中沒有再讀，但隨時翻攏翻開，不曉得有幾十回，這於我比《水滸》還要親近。

某「西儒」說，「一個文人著作的最好的注釋是他自己的生活。」但在塞文狄斯又是特別如此，因為如又一「西儒」說，「有人著作小說，有人經歷小說，塞文狄斯則兼此二者而有之。」你如喜讀《吉訶德先生》，你一定會對於塞文狄斯的傳記感到興趣。他的生活固然是很浪漫的，但說是現實的卻也同時非常地現實。他是一個文藝復興時代的人。他有他的偉大處，也有好些他的過失；不過這使我們更能理解他，因為我們所求者並不是聖徒之奇蹟的故事。

Kelly的一本簡潔精密的小傳真比《五十著名軼事》還要有趣味，雖然裡邊所記都是考證確實，大半本註腳全是所根據的西班牙文檔原本。與其讀十本中國現代水平線上的小說，實在不如讀半本（西班牙文的一部分除外也）這樣的書。

十四年十二月五日。

和魂漢才

近日又因傷風臥病，不能作事，只好看書消遣。其一是Francis Espinasse的《服爾德傳》一本小冊子，看了很有興趣，其一是加藤咄堂的《民間信仰史》，雖有五百頁，卻也愉快地讀完了。第六章裡講到「文化之民族化」的地方，有一節很妙的話，即儒學大家菅原道真（八四五—一九〇三）曾說，「凡神國一世無窮之神妙，非他國之所得而窺知，漢土三代周公之聖經雖然可學，但其革命之國風所當深加思慮。」他曾主張所謂和魂漢才，這與張之洞的那個中學為體西學為用正是一樣。菅原生當中國唐末，十一歲即能詩，事君盡忠，為同僚所讒毀，謫死築紫，後人崇祀為天滿神，猶中國之文昌帝君。

同書又引《桂林漫錄》，云中國經典中《孟子》一書，或因主張民貴的關係，與日本神道之御意不合，故船中如載有此書，必遭覆沒。明謝在杭的《五雜組》亦云，「倭土亦重儒書，信佛書。凡中國之經皆以重價購之，獨無《孟子》。有攜此書往者，舟輒覆溺。」這自然只是一個傳說，但其意義很是重大。

日本的「中學為體西學為用」的主張實在要比中國更是久遠強固，張之洞的格言日本在一千年前早已有了。至於以後這主張能夠維持得多久，還須看將來，不過中國的國風是革命的，倘若所謂為體的中學不是革命的性質的，當然不能存立，這一點還不難解決。謎之國或者倒還是在日本。

回喪與買水

英國茀來則博士著《普許嘿之工作》（J．G．Frazer Psyche's Task）第五章云，野蠻人送葬歸，懼鬼魂復返，多設計以阻之。通古斯人以雪或木塞路，緬甸之清族則以竹竿橫放路上。納巴耳之曼伽族葬後一人先返，集棘刺堆積中途，設為障礙，上置大石，立其上，一手持香爐，送葬者悉從石上香煙中過，云鬼聞香逗留，不至乘生人肩上越棘刺而過也。

《顏氏家訓》卷二云，「偏傍之書，死有歸殺，子孫逃竄，莫肯在家，畫瓶書符，作諸厭勝。喪出之日，門前然火，戶外列灰，祓送家鬼，章斷注連。凡如此比，不近有情，乃儒雅之罪人，彈議所當加也。」今紹興回喪，於門外焚穀殼，送葬者跨煙而過，始各返其家，其用意相同，即防鬼魂之附著也。

周去非《嶺外代答》卷六云，「欽人始死，孝子披髮頂竹笠，攜瓶甕，持紙錢，往水濱號慟，擲錢於水而汲歸浴屍，謂之買水，否則鄰里以為不孝。今欽人食用以錢易水以充庖廚，謂之沽水者，避凶名也。邕州溪峒則男女群浴於川，號泣而歸。」今紹興人死將斂，孝子衣死者之衣，張黃傘，鼓樂導至水次，投銅錢鐵釘各一，汲水歸以浴屍，亦名買水，蓋死者自購水於水神也。俗傳滿洲入關，越人有「生降死不降」之誓，故斂時束髮為髻而不辮，又不用清朝之水，自出錢買之，觀《嶺外代答》所記則此風宋時已有之，且亦不限於越中一隅也。

紹興轉之儀式亦頗鄭重，即起於傾浴屍水之地，狀如流星，本為死者之魄，唯又別有神，人首雞身，相傳舊有牝牡二神，趙匡胤未遇時投宿人家，值回殺，攫得其一食之，以後世間遂只有雌神云。

以上是張辮帥復辟的那幾天，在會館破屋中看書遣悶時隨筆的一則，前後已有十年，那時還寫的是三腳貓的文言，但內容還有點趣味，所以把它鈔在這裡。我們可以看出野蠻思想怎樣根深蒂固地隱伏在現代生活裡，我們自稱以儒教立國的中華，實際上還是在崇拜那正流行於東北亞洲的薩滿教。有人背誦孔孟，有人注釋老莊，但他們（孔老等）對於中國國民實在等於不曾有過這個人。

海面的波浪是在走動，海底的水卻千年如故。把這底下的情形調查一番，看中國民間信仰思想到底是怎樣，我想這倒不是一件徒然的事。文化的程度以文明社會裡的野蠻人之多少為比例，在中國是怎麼一個比例呢？

約翰巴耳

前日我往新街口紙店裡去買一支元字筆，見電燈柱上有新貼的長條傳單，走去一看，乃是孫中山先生周年紀念會所印，有一條是「打倒任何屬性的帝國主義」十一字。末四字的意義在一般北京市民恐怕已不很明瞭，「任何屬性」一定是更不懂了，至於其中所含的奧義則我也是打聽清楚這是那一方面所貼之後方才悟出，在不知道內容的人自然無從索解，只覺得茫然如見唵字神咒，不曉得他的神力在那裡。

我看了這種古典的宣傳口號，遂又想起英國的逆僧約翰球的故事來。

約翰球者約翰巴耳（John Ball）之漢譯也。

「他是一個基督教的僧侶，他的說教助成了那一三八一年的農夫之亂。他自稱為『約克的聖瑪理亞之僧』，大約說是他本是那裡的聖瑪里亞寺裡的一個客僧。但是他一生的大事業是在厄色克思，特別是科乞斯德周圍一帶。他的說教似乎開始很早，在一三八一年的二十年前。一三六六年他已被傳到堪忒伯利主教西門蘭乾面前監禁了起來。他的罪名是教人為非。他卻一點都不警戒，隨後被諾列志和堪忒伯利兩處主教宣告破門（不但趕出教會，還要永墮地獄。），他似乎有點歸依威克利夫的宗旨，在不准再進教堂之後，他仍在市場和墳地繼續說教。

「一三七六年發出拘票捉他，當作一個破門的人；一三八一年四月末被禁在梅斯東地方的大主教監獄裡。亂黨的最初行動之一即是想救他出來。六月十三日他對了叛徒們作那有名的說教，主題是這兩句：

『當初亞當種田，夏娃織布，

那時有誰是紳士富戶？』

（When Adam dalf and Eve span，

Who was thanne a gentleman ？）

據說薩特伯利大主教被捉住斬首的時候，他也是首先衝進譙樓去的一個人。英王在斯密非耳特與亂党交戰時他也在場，或者親見首領泰勒之失敗。叛眾潰散之後他逃到孔文忒利，旋被捕獲，解往聖亞般思審問。審判時他很是勇敢，不肯呈請英王赦罪。他被判為大逆，於七月十五日在聖亞般思絞斃，破肚，分屍。」（右見 Henry Bett 的《兒歌的起源與其歷史》，第三章講「數與記憶」，說及約翰巴耳的故事在現今的兒歌中尚有餘留。）

「當初亞當種田，夏娃織布，

那時有誰是紳士富戶？」

基督教僧侶宣傳反貴族運動，這兩句話多麼巧妙，身分口氣無不恰好，這或者可以當作後世宣傳家的模範了罷。

花煞

川島在《語絲》六六期上提起花煞，並問我記不記得高調班裡一個花煞「被某君看到大大的收拾了一場」的故事。

這個戲文我不知道，雖然花煞這件東西是知道——不，是聽見人家說過的。照我的愚見說來，煞本是死人自己，最初就是他的體魄，後來算作他的靈魂，其狀如家雞。（凡往來飄忽，或出沒於陰濕地方的東西，都常用以代表魂魄，如蛇蟲鳥鼠之類，這裡本來當是一種飛鳥，但是後人見識日陋，他們除了天天在眼前的雞鴨外幾乎不記得有別的禽鳥，所以只稱他是家雞，不管他能飛不能飛了；說到這裡，我覺得紹興放在靈前的兩隻紙雞，大約也是代表這個東西的，雖然他們說是跟死者到陰間去吃痰的，而中國人也的確喜歡吐痰。）

再後來乃稱作煞神，彷彿是「解差」一類的東西，而且有公母兩隻了。至於花煞（方音讀作 Huoasaa，第二字平常讀 Saeh）則單是一種喜歡在結婚時作弄人的凶鬼，與結婚的本人別無系屬的關係。

在野蠻人的世界裡，四分之一是活人，三分之一是死鬼，其餘的都是精靈鬼怪。這第三種，占全數十二分之五的東西，現在總稱精靈鬼怪，「西儒」則呼之為代蒙（Daimones），裡邊也未必絕無和善的，但大抵都是凶惡，幸災樂禍的，在文化幼稚，他們還沒有高升為神的時候，恐怕個個都是如此。

他們時時刻刻等著機會，要來傷害活人，雖然這於他們並沒有什麼好處，而且那時也還沒有與上帝作對的天魔派遣他們出去搗亂。但是活人也不是蠢東西，任他們擺佈，也知道躲避或抵抗，所以他們須得找尋好機會，人們不大能夠反抗的時候下手。例如呵欠，噴嚏，睡覺，吃飯，發身，生產，——此外最好自然還有那性行為，尤其是初次的性交。

截搭題做到這裡，已經渡到花煞上來了。喔，說到本題，我卻沒有什麼可以講了，因為關於紹興的花煞的傳記我實在知道得太少。我只知道男家發轎時照例有人穿了袍褂頂戴（現在大約是戴上了烏殼帽了吧？），拿一面鏡子一個熨斗和一座燭臺在轎內亂照，行「搜轎」的儀式。這當然是在那裡搜鬼，但搜的似乎不是花煞，因為花煞仍舊跟著花轎來的，彷彿可以說凡花轎必有其花煞，自然這轎須得實的，裡邊坐著一個人。

這個怪物大約與花轎有什麼神秘的關係，雖然我不能確說；總之男女居室而不用花轎便不聽見有什麼花煞，如搶親，養媳婦，納妾，至於野田草露更不必說了。聽說一個人沖了花煞就要死或者至少也是重病，則其禍祟又波及新人以外的旁人了，或者因為新娘子遍身穿紅，又薰透芸香，已經有十足的防禦，所謂有備故無患也歟。

【附】結婚與死　順風

豈明先生：

在《語絲》六八期上看到說起花煞，我預備把我所知的一點奉告。這種傳說我曾聽見人家談起過幾次，知道它是很有來歷的，只是可惜我所聽到的也只是些斷片，很不完全。據說從前有一個新娘用剪刀在轎內自殺，這便是花煞神的來源。因此紹興結婚時忌見鐵，凡門上的鐵環，壁上的鐵釘之類，都須用紅紙蒙住。

關於那女子在轎中自殺的事情，聽說在一本《花煞卷》中有得說起。紹興夏天晚上常有「宣卷」，《花煞卷》就是那種長篇寶卷之一，但我不曾聽到過；只有一個朋友曾見這卷的刊本，不過已記不清楚了，只記得那新娘是被強搶去成親，所以自殺了。

紹興從前通行的新娘裝束，我想或者與這種傳說不無關係。其中最可注意的，便是新娘出轎來的時候所戴的紙製的「花冠」。那冠是以竹絲為架，外用紅綠色紙及金紙糊成，上插有二寸多長的泥人，名叫「花冠菩薩」。

照一般的情形說來，本來活人是不能戴紙帽子的，例如夏季中專演給鬼看的「大戲」（Dochsii）和「目蓮」，台旁掛有許多紙帽，戲中人物均穿戴如常，唯有出台來的鬼王以及活無常（Wueh-wuzoang），總之凡屬於鬼怪類的東西才戴這掛在那裡的紙帽（進台時仍取下掛在台邊，不帶進後台去，演戲完畢同紙錢一併焚化。）。

今新娘也戴紙帽，豈扮作一種花煞神之類乎？又所穿的那件「紅綠大袖」也不像常人所穿的衣服，形狀頗似「女吊神」背心底下所穿的那件紅衫子。又據一位朋友說，紹興有些地方，新娘有不穿這件貰來的「紅綠大袖」而借穿別人家的「壽衣」的，只是什麼理由卻不知道。我想，只要實地去考查，恐怕可以找出些道理來，從老年人的記憶上或可以得到些有用的材料。

搜轎確似在搜別的妖怪，不是搜花煞神。因為花轎中還能藏匿各種別的鬼怪，足為新娘之害，如《歐陽方成親》那齣戲中，花轎頂上藏有一個吊死鬼，後被有日月眼的鄭三弟看出，即是一例。

還有，紹興許多人家結婚時向用「禮生」念花燭的，但別有些人家卻用一個道士來念。我曾聽見過一次，雖然念的不過是些吉利話，但似乎也是很有意義的事情。我看道士平時所做的勾當，如發符上表作法等，都是原始民族中術士的舉動，結婚時招道士來祝念，當有魔術的意思含在裡邊，雖然所念的已變成了吉利話而非咒語了。

中國是極古老的國度，原始時代的遺跡至今有的還保留著，只要加意調查研究，當可得到許多極有價值的資料。事情又說遠了，就此「帶住」罷。順風上，三月九日於上海。

豈明案，新娘那裝束，或者是在扮死人，意在以邪辟邪，如方相氏之戴上鬼臉。但是其中更有趣味的，乃是結婚與死的問題。我記起在希臘古今宗教風俗比較研究書中說及同樣的事，希臘新娘的服色以及沐浴塗膏等儀式均與死人殮時相同。紹興新人們的衣服都用香薰，不過用的是芸香，而薰壽衣則用柏香罷了；他們也都舉行「滹浴」的典禮，這並不是簡單的像我們所想的洗澡，實在與殮時的同樣地是一種重要的儀式。

希臘的意思我們是可以知道的，他們關於地母崇拜古時有一種宗教儀式，大略如原始民族間所通行的冠禮（Initiation），希臘則稱之曰成就（Telos），他的宗旨是在宣示人天交通的密義，人死則生天上，與諸神結合，而以男女配偶為之象徵。人世的結婚因此不啻即具體的顯示成就之歡喜，亦為將來大成就（死）的永生之嘗試，故結婚常稱作成就，而新人們則號為成就者（Teleioi）。所以希臘的風俗乃是以結婚的服飾儀式移用於死者，使人不很覺得死之可悲，且以助長其對於未來的希望。

《陀螺》中我曾譯有三首現代希臘的輓歌，指出其間有一個中心思想，便是將死與結婚合在一處，以為此世的死即是彼世的結婚。今轉錄一首於下：

「『兒呵，你為甚要去，到幽冥裡去？那裡是沒有公雞啼，沒有母雞叫，那裡沒有泉水，沒有青草生在平原上。

餓了麼？在那裡沒有東西吃；

渴了麼？在那裡沒有東西喝；

你要躺倒休息麼？你得不到安眠。

那麼停留罷，兒呵，在你自己的家裡，停留在你自己的親人裡。』

『不，我不停留了，我的親愛的父親和深愛的母親，

昨天是我的好日，昨晚是我的結婚，

幽冥給我當作丈夫，墳墓做我的新母親。』」

至於紹興的風俗是什麼意思我還不能領會，我看他不是同希臘那樣的拿新娘的花冠去給死人戴，大約是顛倒地由活人去學死裝束的。中國人的心裡覺得婚姻是一件「大事」，這當然也是有的，但未必會發生與死相聯屬的深刻的心理；獨斷地說一句，恐怕不外是一種辟邪的法術作用罷。這種事情要請專門的廚司來管，我們開篷的道士實在有點力有不及。還有，那新娘拜堂時手中所

執的掌扇，也不知道是什麼用的，——這些緣起傳説或者須得去問三埭街的老嫚，雖然不免有些附會或傳訛，總還可以得到一點線索罷。

三月十六日。

爆竹

讀藹理斯的《人生之舞蹈》（Havelock Ellis The Dance of Life ,1923），第一章裡有這樣的一節話。

「中國人的性格及其文明裡之遊戲的性質，無論只是遠望或接近中國的人，都是知道的。向來有人說，中國人發明火藥遠在歐洲人之前，但除了做花炮之外別無用處。這在西方看來似乎是一個大謬誤，把火藥的貴重的用處埋沒了；直到近來才有一個歐洲人敢於指出『火藥的正當用處顯然是在於做花炮，造出很美麗的東西，而並不在於殺人』。總之，中國人的確能夠完全瞭解火藥的這個正當用處。我們聽說，『中國人的最明顯的特性之一是歡喜花炮。』那最莊重的人民和那最明智的都忙著弄花炮；倘若柏格森著作——裡邊很多花炮的隱喻——翻譯成中國文，我們可以相信，中國會得產出許多熱心的柏格森派來呢。」

火藥的正當用處在於做花炮，喜歡花炮是一種好脾氣，我也是這樣想，只可惜中國人所喜歡的不是花炮而是爆竹；——即進一步說，喜歡爆竹也是好的，不幸中國人只歡喜敬神（或是趕鬼）而並不喜歡爆竹。空中絲絲的火花，點點的赤光，或是砰訇的聲音，是很可以享樂的，然而在中國人卻是沒有東西，他是耳無聞目無見地只在那裡機械地舉行祭神的儀式罷了。

中國人的特性是麻木，燃放爆竹是其特徵。只有小孩子還沒有麻木透頂，其行為稍有不同，他們放花炮，——雖然不久也將跟了人學壞了，此時卻是真心地賞鑒那「很美麗的東西」，足以當得藹理斯的推獎的話。這種遊戲的分子才應充分保存，使生活充實而且愉快，至於什麼接財神用的「鳳尾鞭一萬頭」，——去你的罷！

花炮的趣味，在中國人裡邊可以說是已經失掉了，只是「熱心的柏格森派」——以及王學家確是不少，這個豫言藹理斯總算說著了。甲子年立春日，聽了一夜的爆竹聲之後，於北京記。

以上是一篇舊作雜感，題名是「花炮的趣味」，現在拿出來看，覺得這兩年之內有好些改變，柏格森派與王學家早已不大聽見了，但爆竹還是仍舊。

我昨天「聽了一夜的爆竹聲」，不禁引起兩年前的感慨。中國人的生活裡充滿著迷信，利己，麻木，在北京市民徹夜燃放那驚人而趕鬼的爆竹的一件事上可以看出，而且這力量又這樣大，連軍警當局都禁止不住。我又不禁感到一九二一年所作《中國人的悲哀》詩中的怨恨。

「我睡在家裡的時候，
他又在牆外的他家院子裡，
放起雙響的爆竹來了。」

心中

三月四日北京報上載有日本人在西山旅館情死事件，據說女的是朝日軒的藝妓名叫來香，男的是山中商會店員「一鵬」。這些名字聽了覺得有點希奇，再查《國民新報》的英文部，才知道來香乃是梅香（Umeka）之誤，這是所謂藝名，本名日向信子，年十九歲，一鵬是伊藤傳三郎，年二十五歲。情死的原因沒有明白，從死者的身分看來，大約總是彼此有情而因種種阻礙不能如願，與其分離而生不如擁抱而死，所以這樣地做的罷。

這種情死在中國極少見，但在日本卻很是平常，據佐佐醒雪的《日本情史》（可以稱作日本文學上的戀愛史論，與中國的《情史》性質不同，一九〇九年出版）說，南北朝（十四世紀）的《吉野拾遺》中記裡村主稅家從人與侍女因失了托身之所，走入深山共伏劍而死，六百年前已有其事。

「這一對男女相語曰，『今生既爾不幸，但願得來世永遠相聚，』這就成為元祿式情死的先蹤。自南北朝至足利時代（十五六世紀）是那個『二世之緣』的思想逐漸分明的時期，到了近世，寬文（一六六一至一六七二）前後的伊豫地方的俗歌裡也這樣的說著了：

『幽暗的獨木橋，郎若同行就同過去罷，掉了下去一同漂流著，來世也是在一起。』

元祿時代（一六八八至一七九三）於驕奢華靡之間尚帶著殺伐的蠻風，有重果敢的氣象，又加上二世之緣的思想，自有發生許多悲慘的情死事件之傾向。」

這樣的情死，日本通稱「心中」（Shinju）。雖然情死的事實是「古已有之」，在南北朝已見諸記載，但心中這個名稱卻是德川時代的產物。本來心中這一個字的意義就是如字講，猶云衷情，後來轉為表示心跡的行為，如立誓書，刺字剪髮等等。寬文前後在遊女社會中更發現殺伐的心中，即拔爪，斬指，或刺貫臂股之類，再進一步自然便是以一死表明相愛之忱，西鶴稱之曰

「心中死」（Shinjujini），在近松的戲曲中則心中一語幾乎限於男女二人的情死了。這個風氣一直流傳到現在，心中也就成了情死的代用名詞。

〔立誓書現在似乎不通行了。尾崎久彌著《江戶軟派雜考》中根據古本情書指南《袖中假名文》引有一篇樣本，今譯錄於後：

「**盟誓**

今與某人約為夫婦，真實無虛，即使父母兄弟無論如何梗阻，決不另行適人，倘若所說稍有虛偽，當蒙日本六十餘州諸神之罰，未來永遠墮入地獄，無有出時。須至盟誓者。

年號月日

女名（血印）

某人（男子名）」

中國舊有《青樓尺牘》等書，不知其中有沒有這一類的東西。〕

近松是日本最偉大的古劇家，他的著作由我看來似乎比中國元曲還有趣味。他所做的世話淨琉璃（社會劇）幾乎都是講心中的，而且他很同情於這班癡男怨女。眼看著他們被挾在私情與義理之間，好像是弶上的老鼠，反正是掙不脫，只是拖延著多加些苦痛，他們唯一的出路單是「死」，而他們的死卻不能怎麼英雄的又不是超脫的，他們的「一蓮托生」的願望實在是很幼稚可笑的，然而我們非但不敢笑他，還全心的希望他們大願成就，真能夠往生佛土，續今生未了之緣。

這固然是我們凡人的思想，但詩人到底也只是凡人的代表，況且近松又是一個以慰藉娛悅民眾為事的詩人，他的詠歎心中正是當然事，據說近松的淨琉璃盛行以後民間的男女心中事件大見增加，可以想見他的勢力。但是真正鼓吹心中的藝術還要算淨琉璃的別一派，即是新內節（Shinnai-bushi）。

新內節之對於心中的熱狂的嚮往幾乎可以說是病態的，不管三七二十一的唯以一死為歸宿，新吉原的遊女聽了遊行的新內派的悲歌，無端的引起了許多悲劇，政府乃於文化初年（十九世紀初）禁止新內節不得入吉原，唯於中元許可一日，以為盂蘭盆之供養，直至明治維新這才解禁。

新內節是一種曲，且說且唱，翻譯幾不可能，今姑摘譯《藤蔓戀之柵》末尾數節，以為心中男女之回向。此篇係鶴賀新內所作，敘藤屋喜之助與菱野屋遊女早衣的末路，篇名係用喜之助的店號藤字敷衍而成，大約是一七七〇年頃之作云。（據《江戶軟派雜考》）

「世上再沒有像我這樣苦命的人，五六歲的時候死了雙親，只靠了一個哥哥，一天天的過著艱難的歲月，到後來路盡山窮，直落得賣到這裡來操這樣的行業。動不動就挨老鴇的責罵，算作稚妓出來應接，徹夜的擔受客人的凌虐，好容易換下淚濕的長袖，到了成年，找到你一個人做我的終身的倚靠。即使是在荒野的盡頭，深山的裡面，怎樣的貧苦我都不厭，我願親手煮了飯來大家吃。樂也是戀，苦也是要戀，戀這字說的很明白：戀愛就只是忍耐這一件事。——太覺得可愛可愛了，一個人便會變了極風流似的愚癡。管盟誓的諸位神明也不肯見聽。反正是總不能配合的因緣，還不如索性請你一同殺了罷！

「說到這裡，袖子上已成了眼淚的積水潭，男子也舉起含淚的臉來，叫一聲早衣，原來人生就是風前的燈火，此世是夢中的逆旅，願只願是未來的同一個蓮花座。聽了他這番話，早衣禁不住落下歡喜淚。息在草葉之陰的爹媽，一定是很替我高興罷，就將帶領了我的共命的丈夫來見你。

「請你們千萬不要怨我，恕我死於非命的罪孽。閻王老爺若要責罰，請你們替我謝罪。祐天老爺釋迦老爺都未必棄捨我罷？我願在旁邊侍候，朝朝暮暮，虔心供奉茶湯香花，消除我此生的罪障。南無祐天老爺，釋迦如來！請你救助我罷。南無阿彌陀佛！」（祐天上人係享保時代（十八世紀初）人，為淨土宗中興之祖，江戶人甚崇敬，故遊女遂將他與釋迦如來混在一起了。）

木下太郎（醫學博士太田正雄的別號）在他的詩集《食後之歌》序中說及「那鄙俗而充滿著眼淚的江戶平民藝術」，這種淨琉璃正是其一，可惜譯文不行，只能述意而不能保存原有的情趣了。

二世之緣的思想完全以輪迴為根基，在唯物思想興起的現代，心中男女恐不復能有蓮花台之慰藉，未免益增其寂寞，但是去者仍大有人在，固亦由於經濟迫壓，一半當亦如《雅歌》所說由於「愛情如死之堅強」歟。中國人似未知生命之重，故不知如何善捨其生命，而又隨時隨地被奪其生命而無所愛惜，更未知有如死之堅強的東西，所以情死這種事情在中國是絕不會發見的了。

鼓吹心中的祖師豐後掾據說終以情死。那麼我也有點兒喜歡這個玩意兒麼？或者要問。「不，不。一點不。」

十五年，三月六日。

見三月七日的日文《北京週報》（一九九），所記稍詳，據云女年十八歲，男子則名伊藤榮三郎，死後如遺書所要求合葬朝陽門外，女有信留給她的父親，自歎命薄，並諄囑父母無論如何貧苦，勿再將妹子賣為藝妓。榮三郎則作有俗歌式的絕命詞一章，其詞曰：

「交情愈深，便覺得這世界愈窄了。雖說是死了不會開花結實，反正活著也不能配合，還有什麼可惜這兩條的性命。」

《北京週報》的記者在卷頭語上頗有同情的論調，但在《北京村之一點紅》的記事裡想像的寫男女二人的會話，不免有點「什匿克」（這是孤桐社主的 Cynic 一字的譯語）的氣味，似非對於死者應取的態度。

中國人不懂情死，是因為大陸的或唯物主義的之故，這說法或者是對的；日本人到中國來，大約也很受了唯物主義的影響了罷，所以他們有時也似乎覺得奇怪起來了。

希臘女詩人

希臘女詩人薩福，正言薩普福（Sappho），生當耶穌紀元前六百年頃，在中國為周定王時代。其生前行事已不可考，唯據古代史家言，薩福有二弟，一名賴列訶思（Larikhos），為鄉宴奉爵者，舊例是職以名門子弟之慧美者充之，故知其為勒色波思（Lesbos）貴族。次名哈拉克瑣思（Kharaxos），業運酒，至埃及遇一女子，名羅陀比思（Rhodopis），悅之，以巨金贖其身；羅陀比思者誼云薔薇頰，舊為耶特芒（Iadmon）家奴，與《寓言》作者埃索坡思（Aisopos 舊譯伊索）為同僚也。後世或稱薩福嫁安特羅思（Andros）富人該耳珂拉思（Kerkolas），而事實無考，且該耳珂拉思本誼曰尾（引申為男根，案如中國云交尾），安特羅思者牡也，蓋希臘末世喜劇作者所造，用作嘲弄。

又或謂薩福慕法恩（Phaon）之美，欲從之而法恩不肯，乃投白岩（Leukas）

而死（相傳愛慕不諧，由岩上投海，或不死，則舊愛亦自滅。）。顧考一世紀時赫法斯諦恩（Hephaistion）所編投岩人名表，無薩福名，希臘詩人亦稱薩福葬於故鄉，非死於海，近世學者斷為後世誣言，殆猶易安居士再嫁之故事耶？

希臘神話中有九神女，司文章音樂之事，人稱薩福為第十詩神，又以訶美洛思（Homeros 舊譯荷馬）為詩人，薩福為女詩人，推重備至。顧後世基督教人病其詩太豔逸，於三百八十年時並其他希臘人詩集拉雜焚之，故今日不傳，第從希臘羅馬著作中所引搜輯得百餘則，成句者僅半，成章者不及十一矣。其詩情文並勝，而比物麗詞尤極美妙，今略述其意，以見一斑。其一云：

「涼風囁嚅，過棠棣枝間，睡意自流，自顫葉而下。」善能狀南方園林之景，諦阿克利多思（Theokritos）牧歌第七云，「白楊榆樹動搖頂上，神女廟邊靈泉自湧，如聞私語，」蓋彷彿近之。

其二云：

「月落星沉，良夜已半，光陰自逝，而吾今獨臥。」

其三云：

「滿月已升，女伴繞神壇而立，或作雅舞，踐弱草之芳華。」

其四云：

「甘棠色赬於枝頭，為採者所忘，——非敢忘也，但不能及耳。」甘棠（Glukumalon）者以頻果接種於柚樹而成，用之作暱稱，諦阿克利多思詩第九云：「吾歡乎，吾歌汝甘棠也。」

其五云：

「如山上水仙，為牧人所踐，花萎於地。」羅馬詩人加都盧思（Catullus）云「汝毋更念舊歡；已殺吾愛，如野花之壓於鋤犁矣」，又佛吉劉思（Vergilius）詩狀少年之死云「彼倏萎死，如紫花為犁所割」，殆皆從此出也。

或稱薩福喜薔薇，恆加以詠歎，比之美人，如上所舉亦足以見其一例。薩福又善鑄詞，如上文之甘棠，又謂鶯云春使（Eros Angelos），愛云苦甘（Glukupikron），英詩人斯溫朋（Swinburne）最喜用之，嘗有句云「甘中最苦苦中最甘者。」薩福又詠愛云：

「愛搖吾心，如山風降於櫟樹。」

尚有二章亦歌愛戀，篇幅較長，為集中冠，茲不克譯。譯詩之難，中外同然，雖以同係之語且不能合，況希臘與華言之隔，而薩福詩又稱不可傳譯者乎。故余僅能選取一二，疏其大意如右，不強范為韻語，倘人見此以為薩福詩不過爾爾，則是皆述者之過，於薩福之詩固無與耳。

以上係民國四年所作，登在紹興《禹域日報》上的一篇小文，我在劉大白先生詩集《舊夢》序中曾經說及，近日忽然在故紙堆中找著，便把他轉錄在「茶話」裡。這當然不是想表彰我能寫所謂古文，求孤桐先生的青及，不過因為薩福跳海的故事流傳太久，大家都喜歡講，最近的《東方雜誌》（二三之一）上也還轉載一幅投崖圖，現在將薩福事蹟略略說明，或者也不無用處。

其實呢，「身後是非誰管得，滿村聽唱蔡中郎」，跳海之說倒也罷了，還有些學者硬派「磨鏡黨」去奉薩福為祖師，以致 Sapphism 一字弄成與 Tribadism 同義。十九世紀歐洲學者如德之威耳寇（Welker）義之孔巴勒諦（Comparetti）英之華敦（H·T·Wharton）等為求真起見，為薩福更正了許多流言，若是完全當她作一個詩人看，或者附有這些傳說倒反更有意思，也未可知。

上文所說兩篇較長的情詩之一，名叫「贈所歡」（「Eis Eromenan」）的，去年我曾譯出，登在《語絲》第二十期上。又在《希臘的小詩》一文中也譯有薩福殘詩五則，及墓銘一首。今天翻閱她的遺詩輯本，看見第八十五節，覺得很是可喜，不免把他抄了下來。

「我有一個好女兒，
身材像是一朵黃金花，
這就是可愛的克來伊思，
我不希望那美的勒色波思，
也不再要那整個的呂提亞。」

勒色波思島係作者故鄉，呂提亞（Lydia）為小亞細亞的希臘屬地，克來伊思（Kléis）據云是薩福的女兒。——喔，我看這詩譯得多糟，多麼嚕嗦，有好些多出來的廢字，雖然勒色波思一字原文所無，係原編者加入的，不干我事。總之，譯詩是應打手心的，何況又是我的這種蹩腳譯呢。

民國十五年三月九日。

馬琴日記抄

馬琴（Bakin 一七六七——一八四八）是日本有名的舊小說家，所著小說有二百六十種，其中《南總里見八犬傳》一書，共九集一百六卷，計歷時二十八年始成，稱為馬琴最大傑作。

但是我不知怎地總是不很喜歡。這個原因大約很複雜，因為我自己知道養成這個偏見的緣由就有好幾種。

第一，我對於歷史小說沒有多大敬意，雖然知道人生總有一個浪漫的時期，所以浪漫的故事也自有其生命，永遠不愁沒有讀者。

第二，馬琴的教訓主義令我不滿意。他曾這樣替他的著作辯解，「余著無用之書，將以購有用之書也。夫大聲不入俚耳，稗史雖無益，寓以勸善懲惡之意則於婦孺無害，且售小說者及書畫印刷裝訂諸工皆得以此為衣食，豈非亦屬太平之餘澤耶。」這很足以代表當時流行的儒教思想，但在我看來卻還不如那些「戲作者」的灑落本與滑稽本更能顯出真的日本國民的豁達愉快的精神。

第三，馬琴自己說，「余多讀華人之稗史小說，擇其文之巧致者而仿為之，」所以這些作品於我們華人都沒有什麼趣味。講到日本的偉大小說，自有那世界無比的十世紀時的《源氏物語》。

第四，以前讀外骨的《山東京傳》，見所記馬琴背其師京傳，即送葬亦不至，且為文對於京傳多所詆毀，因此遂不喜馬琴之為人。

有這四個原因，我的反馬琴熱便根深蒂固地成立了。

近來在舊書店的目錄上見到一本《馬琴日記抄》，就寫信去要了來，因為日記類是我所喜歡看的。這是饗庭篁村所編，從一八三一年以後的十四五年的日記中分類抄錄，約有一百二十項，馬琴晚年的生活與性情大抵可以想見，但是我仍舊覺得不能佩服，因為他是這樣的一個道學家。稱讚他的人都說他是謹嚴不苟，這或者是的。隨便引幾條，都可以為例。

「天保五年（一八三四）三月二十六日，晝飯後九半時（今午後一時）家人詣深光寺掃墓，余因長髮不能參與。」按日本以前剃頂髮，髮長則為不祥不敬，不便外出或參與典禮。

「天保九年閏四月十日，入夜阿百（其妻名）又對余怨懟，云將捨身。余徐諭之，七年以來吾家不治畢竟由吾不德所致，不能怨尤他人。夫婦已至七十餘歲，餘命幾何，勿因無益之事多勞心力，又諭以萬事皆因吾之不德所致。但彼未肯甘服，唯怨怒稍緩，旋止。女子與小人為難養，聖人且然，況吾輩凡夫，實堪愧恧。」

「天保十五年五月六日，令阿路（其寡媳名，馬琴時已失明，一切著述都由她代筆）讀昨夜兼次郎所留置之為永春水著《大學笑句》，玩弄經書，不堪聽聞，即棄去。」《大學笑句》蓋模擬《大學章句》之名，日本讀音相近。

「天保十五年六月十日，土屋桂助，岩井政之助來，致暑中問候。政之助不著裳，失禮也。」

但是我的偏見覺得這種謹嚴殊不愉快，很有點像法利賽人的模樣。從世俗的禮法說來，馬琴大約不愧為嚴謹守禮的君子，是國家的良民，但如要當文藝道中的騎士，似乎堅定的德性而外還不可不有深厚的情與廣大的心。

我們讀詩人一茶的日記在這些方面能夠更感到滿足。《七番日記》中有這樣一條，照原文抄錄於下，這是文化十一年（一八一四）五月的記事。

「四晴，夕小雨，夜大雨，處處川出水。

今夜關之契下女，於草庵欲為同枕，有障殘書，關之歸野尻而下女不來。」

一茶在野尻村有門人關之，不能和情人相見，一茶便讓他們到自己家裡來會，後來關之因為有事，留下一封信，先回家去了，她卻終於沒有來，大約是因為大雨河水氾濫的緣故罷。一茶這種辦法或者不足為訓，但是寥寥幾行文字怎樣地能表出乖僻而富於人情味的特性來呵。

島崎藤村在《一茶旅日記》的序中說，與芭蕉蕪村等相比，一茶是和我們的時代更相近的人物，的確不錯。這樣說來，馬琴也可以說是和我們的時代比較相遠的人物，雖然他比一茶還要小四歲。

馬琴本名瀧澤解（Takizawa Kai），是士族出身。

牧神之恐怖

我們學英文的時候，看見有「潘匿克」（Panic）一個字，查字典只說是「過度的恐慌」，不知道到底是怎麼一回事。後來親身經歷過幾件事，這才明白他的意思了。

有一回是一九一一年秋天，革命潮流到了東南，我們的縣城也已光復，忽然一天下午大家四面奔逃，只說「來了來了！」推測起來大約是說杭州的駐防殺來了，但是大家都說不清楚。今年四月北京的恐慌也很厲害，異於尋常，這也可為「潘匿克」之一例。

「潘匿克」這個字的來源說來很有趣味，雖然實際的經驗是不大舒服。據語源字典說，潘匿克源出希臘語 To Panikon，係 To Panikon Deima 之略，意云潘的恐怖。潘（Pan）為牧神，人身羊足，頭上有羊耳羊角，好吹編簫，見希臘神話，文學及美術作品中多有之。但他又好午睡，如有人驚動了他，他便將使羊群或人突然驚怖狂奔，發生災禍。這是牧神的恐怖一語成立的源因。

諦阿克列多思（Theokritos）《牧歌》第一章云：

「不，牧人，我們日中不當吹簫。我們怕那牧神（To Pana dedoikames），因為在這時候他打獵困倦了正在休息。」

《舊約．詩篇》第九十一首第六章原有這樣的兩句（照官話譯本）：「也不怕黑夜行的瘟疫，或是午間滅人的毒病。」末句在七十人譯希臘文本作「日中的鬼禍」，據洛孫（J．C．Lawson）在《現代希臘民俗與古代宗教》中說，即是牧神之恐怖的迷信之遺留。大抵在希臘正午是很熱的，最適於午睡，但是又容易夢魘或得病，所以人們覺得這個時辰有點古怪，不但要得罪老潘，就是見舍倫（《雨天的書》裡有一篇是講她的）也大都是這樣的時候。中國最豐富於此種經驗而沒有通用的名稱，不知是怎的。因此我想到編字典之難，注一句說明不算什麼，要對譯一個字（或詞）那可就不容易了。

文人之娼妓觀

七月三日《國學週刊》上載《退園隨筆》，記郎葆辰畫蟹詩，有這一節話。

「郎觀察葆辰善畫蟹，官京師時，境遇甚窘，畫一蟹值一金，藉以存活。平康諸姊妹鳩金求畫，郎大怒，忿然曰，吾畫當置幽人精室，豈屑為若輩作耶！蓋自重其畫，亦自重其品如此。」

《冬心集拾遺》中有雜畫題記一卷，有兩則頗妙，抄錄於下。

「雪中荷花世無有畫之者，漫以己意為之。鸊鷉堰上若果如此，亦一奇觀也。」

「昨日寫雪中荷花，付棕亭家歌者定定。今夕剪燭畫水墨荷花以贈鄰庵老衲。連朝清課，不落屠沽兒手，幸矣哉。」

我們讀上邊的文章，覺得兩人對於妓女的態度很不相同。郎葆辰是義正詞嚴的一副道學相，傲慢強橫，不可向邇，金冬心則很是寬容，把娼女與和尚並舉，位在惡俗士夫之上，但是他不過只是借此罵那些紳士，悻悻之色很是明瞭，畢竟也是儒家的派頭，只少些《古文觀止》氣罷了。

芭蕉是日本近代有名的詩人，是俳句這一種小詩的開山祖師，所著散文遊記也是文學中的名著，元祿二年（一六八九）作奧羽地方的旅行，著有紀行文一卷曰「奧之細道」，是他的散文的傑作。其中有一節云：

「今天經過親不知，子不知，回犬，返駒等北國唯一的難地，很是困倦，到客店引枕就寢，聞前面隔著一間的屋子裡有青年女人的聲音，似乎有兩個人，年老男子的話聲也夾雜在裡面。聽他們的談話知道是越後國新地方的妓女。她往伊勢去進香，由男僕送到這個關門，明天打發男子回去，正在寫信叫他帶回，瑣碎地囑咐他轉達的話。

「聽她說是漁夫的女兒，卻零落了成為妓女，漂泊在海濱，與來客結無定之緣，日日受此業報，實屬不幸。聽著也就睡了，次晨出發時她對我們說，因不識路途非常困難，覺得膽怯，可否准她遠遠地跟著前去，請得借法衣之力，垂賜慈悲，結佛果之緣，說著落下淚來。我們答說，事屬可憫，唯我輩隨處逗留，不如請跟別的進香者更為便利，神明垂佑必可無慮，隨即出發，心中一時覺得很是可哀。

Hitotsu ie ni
Yujo mo netari,
Hagi to tsuki.

（意云，在同一家裡，遊女也睡著，——胡枝子和月亮。）

我把這句詩告訴曾良，他就記了下來。」

我們可以說這很有佛教的氣味，實在芭蕉詩幾乎是以禪與道做精髓的，而且他也是僧形，半生過著行腳生活。他的這種態度，比儒家的高明得多了，雖然在現代人看來或者覺得不免還太消極一點，陀思妥也夫斯奇在《罪與罰》裡記大學生拉思科耳尼科夫跪在蘇菲亞的面前說，「我不是對著你跪，我是跪在人類的一切苦難之前。」這是本於耶教的精神，無論教會與教士怎樣地不滿人意，這樣偉大的精神總是值得佩服的。

查理路易菲立（Charles-Louis Philippe）的小說我沒有多讀，差不多不知道，但據批評家說，他的位置是在大主教與淫書作者之間，他稱那私窩子為「可憐的小聖徒」（Pauvre petite sainte），這就很中了我的意，覺得他是個明白人，雖然這個明白是他以一生的苦難去換來的。我們回過來再看郎葆辰，他究竟是小資產階級，他有別一種道德也正是難怪的了。

芭蕉的紀行文真是譯不好，那一首俳句尤其是沒法可想，只好抄錄原文，加上大意的譯語。這詩並不見得怎麼好，他用萩（胡枝子）與月來做對比，似太平凡，但在他的風雅的句子裡放進「遊女」去，頗有意思，顯出他不能忘情的神情。中國詩很多講到妓女的，但這種神情似乎極是少見。七月六日補記。

菱角

每日上午門外有人叫賣「菱角」，小孩們都吵著要買，因此常買十來包給他們分吃，每人也只分得十幾個罷了。這是一種小的四角菱，比刺菱稍大，色青而非純黑，形狀也沒有那樣奇古，味道則與兩角菱相同。正在看烏程汪曰楨的《湖雅》（光緒庚辰即一八八〇年出版），便翻出卷二講菱的一條來，所記情形與浙東大抵相像，選錄兩則於後：

「《仙潭文獻》：『水紅菱』最先出。青菱有二種，一曰『花蒂』，一曰『火刀』，風乾之皆可致遠，唯『火刀』耐久，迨春猶可食。因塔村之『雞腿』，生啖殊佳；柏林圩之『沙角』，熟瀹頗勝。鄉人以九月十月之交撤蕩，多則積之，腐其皮，如收貯銀杏之法，曰『闓菱』。《湖錄》：菱與芰不同。《武陵記》，『四角三角曰芰，兩角曰菱。』今菱湖水中多種兩角，初冬採之，曝乾，可以致遠，名曰『風菱』。唯郭西灣桑瀆一帶皆種四角，最肥大，夏秋之交，煮熟鬻於市，曰『熟老菱』。

按，鮮菱充果，亦可充蔬。沉水烏菱俗呼『漿菱』。鄉人多於溪湖近岸處水中種之，曰『菱蕩』，四圍植竹，經繩於水面，閒之為界，曰『菱竹』。……」

越中也有兩角菱，但味不甚佳，多作為「醬大菱」，水果鋪去殼出售，名「黃菱肉」，清明掃墓時常用作供品，「迨春猶可食」，亦別有風味。實熟沉水抽芽者用竹製髮篦狀物曳水底攝取之，名「撈芽大菱」，初冬下鄉常能購得，市上不多見也。唯平常煮食總是四角者為佳，有一種名「駝背白」，色白而拱背，故名，生熟食均美，十年前每斤才十文，一角錢可得一大筐，近年來物價大漲，不知需價若干了。城外河中彌望皆菱蕩，唯中間留一條水路，供船隻往來，秋深水長風起，菱科漂浮蕩外，則為「散蕩」，行舟可以任意採取殘留菱角，或並摘菱科之嫩者，攜歸作菹食。

明李日華在《味水軒日記》卷二（萬曆三十八年即一六一〇）記途中竊菱事，頗有趣味，抄錄於左。

「九月九日，由謝村取餘杭道，曲溪淺渚，被水皆菱角，有深淺紅及慘碧三色，舟行掬手可取而不設塍塹，僻地俗淳此亦可見。余坐篷底閱所攜《康樂集》，遇一秀句則引一酹，酒渴思解，奴子康素工掠食，偶命之，甚資咀嚼，平生恥為不義，此其愧心者也。」

水紅菱只可生食，雖然也有人把他拿去作蔬。秋日擇嫩菱瀹熟，去澀衣，加酒醬油及花椒，名「醉大菱」，為極好的下酒物（俗名過酒坯），陰曆八月三日灶君生日，各家供素菜，例有此品，幾成為不文之律。水紅菱形甚纖豔，故俗以喻女子的小腳，雖然我們現在看去，或者覺得有點唐突菱角，但是聞水紅菱之名而「頗涉遐想」者恐在此刻也仍不乏其人罷？

寫《菱角》既了，問疑古君討回范寅的《越諺》來一查，見卷中大菱一條說得頗詳細，補抄在這裡，可以糾正我的好些錯誤。甚矣我的關於故鄉的知識之不很可靠也！

「老菱裝節，日澆，去皮，冬食，曰『醬大菱』。老菱脫蒂沉湖底，明春抽芽，攙起，曰『攙芽大菱』，其殼烏，又名『烏大菱』。肉爛殼浮，曰『氽起烏大菱』，越以譏無用人。攙菱肉黃，剝賣，曰『黃菱肉』。老菱晾乾，曰『風大菱』。嫩菱煮壞，曰『爛勃七』。」

瘧鬼

趙與時《賓退錄》卷七云：

「世人瘧疾將作，謂可避之他所，閭巷不經之說也，然自唐已然。高力士流巫州，李輔國授謫制時，力士方逃瘧功臣閣下。杜子美詩，『三年猶瘧疾，一鬼不銷亡。隔日搜脂髓，增寒抱雪霜。徒然潛隙地，有靦鮮妝。』則不特避之，而復塗抹其面矣。」

避瘧這件事，我在十四五歲的時候還曾經做過，結果是無效，所以下回便不再避了。鄉間又認瘧疾為人所必須經過的一種病，有如痘疹之類，初次恆不加禁斷，任其自發自癒，稱曰「開昂」（Ke-ngoang）。

瘧鬼名「臘塌四相公」，幼時在一村廟中曾見其塑像。共四人，並坐龕中，衣冠面貌都不記憶，唯記得一人手持吹火筒，一持芭蕉扇，其餘兩個手中的東西也已忘卻了。據同伴的工人說明，持扇者扇人使發冷，持火筒者一吹則病人陡復發熱云。

俗語稱一般傳染病云臘塌病，故四相公亦以是名。本來民間迷信愈古愈多，這種逃瘧塗面的辦法大抵傳自「三代以前」，不過到了唐代始見著錄罷了。英國安特路蘭（Andrew Lang）曾聽見一位淑女說，治風濕的靈方是去偷一個馬鈴薯，帶在身邊，即癒；他從這裡推究出古今中外的關於何首烏類的迷信的許多例來，做了一篇論文曰「摩呂與曼陀羅」（「Moly and Mandragora」），收在《風俗與神話》的中間。迷信的源遠流長真是值得驚歎。

耍貨

《湖雅》卷九器用之屬中有這一節：

「摩侯羅，按即泥孩兒，俗稱『泥菩薩』，以毗山泥造人物形，兒嬉所用。有泥貓，置蠶筐中，以辟鼠，曰『蠶貓』。又以五色粉造人物形，曰『粉作』；熬蔗糖和以麥麵，就木範中澆成人物形，曰『糖作』，亦呼『糖菩薩』，亦呼『糖人』；熬青糖，就木範中吹成人物形，曰『吹糖』，皆以供兒嬉。酒筵看席或用粉作糖作盛碟，以配黏果。凡小兒戲具，皆以木以錫以紙以泥造成，形式名目甚多，統名耍貨。」

又查《通俗編》卷三十一俳優類有泥孩兒一則，今錄於下：

「《老學庵筆記》：鄜州田玘作泥孩兒名天下，一對直至十縑，一床直至三十千。一床者，或五或七也。許棐有詠泥孩兒詩。

《方輿勝覽》：平江府土人工於泥塑，所造摩侯羅尤為精巧。

《白獺髓》：遊春黃胖起於金門，地有杏花園，遊人取其黃土戲為人形，謂之湖上土宜。

按，摩侯羅，遊春黃胖，俱泥孩之別稱也。又《廣異記》載韋訓盧讚善事，有帛新婦子磁新婦子，乃即今所謂『美人兒』，而肖嬰孩者亦往往剪帛燒磁不一。」

范寅著《越諺》（一八八二），收錄方言頗為詳備，我以為定有好些耍貨的名稱，豈知檢閱一過，卻沒有什麼，殊出意外。孫錦標的《通俗常言疏證》（一九二五）雖最近出，但專以古證今，所以也只寥寥幾條，不足稱引。中國對於兒童及其生活可以說是很是冷淡了。《潛夫論》云，「或作泥車瓦狗諸戲弄之具，以巧詐小兒，皆無益也，」這或者可以代表中國成人們的玩具觀罷。

我讀了《湖雅》的文章，卻引起了好些回憶，雖然我童年的回憶是那麼暗淡而且也很有點模胡了。因為這「耍貨」二字很是面善，——是的，這是在從市門閣至青黛橋（據說本字是清道橋，但我是照音寫的）的一條街，即所謂鵝項街的中間，有幾爿店，在他的招牌或牆上寫著這兩個字曰「耍貨」。賣的是些什麼東西呢？也無非是竹木製的全副兵器，紙糊面具，不倒翁稱「勃勃倒」，染色的木盤杯碗酒罈，泥青蛙，或老虎及鴨，大抵背上有孔可吹，或是底板的桑皮紙夾層中置叫子，按起來會吱吱地叫。

此外自然有「爛泥菩薩」，無論他是狀元，老嫚（Laumoen 墮民中之婦女），或「一團和氣」，都平等地陳列在架上，但我們喜歡它卻別有緣因，並不是它好看，只因為可以從他們的泥背上刮「痧藥」，裝在小瓶子裡開藥鋪。全個耍貨店的貨色，一總不值三五塊錢，但是，嚇！這店面著實威嚴，近看遠看，已盡夠我們的欣羨了。

倘若這是正月的前三天，再往東走去，可以在從軒亭口（這是丁字街，即秋瑾女士被害的地方）至大善寺的路上發見一兩攤做火漆貨的。我還記得，青蛙六文，金魚八文，三腳蟾十二文，果品大約是四文均一罷，至於摸魚的老漁翁，白鬚赤背，則要二十四文，要占去我普通所有的壓歲錢四分之一，不敢輕易問鼎了。

這些火漆貨最易融化，譬如一顆楊梅你擱得久一點，一面就平了，再也看不出用鵝毛管印出的圓點，所以須得每天檢點，放在冷水裡洗個浴才好；可是這也不很容易，因為有時略略多浸，裡面的蘆幹被浸漲了，三腳蟾之類的背上往往生出裂紋。不過這總還可以玩上幾天，糖人麵人則只能保存一天左右，而且沒有補救的方法。糖人還可以吃了，如不嫌那吹糖人的時常用唾沫去潤指尖，麵人則唯一的去路便是泔水缸，浸軟了一併餵雞，拋到垃圾堆上去是不可的，因為太「罪過人」了。

比較起來最有意思的要算是糖菩薩。這實在是用糖「鑄」成的各種物事，有雞，有馬，有鼉魚，有橋亭，有財神，彌勒佛稱「哈啦菩薩」等等，而買時以斤論，每斤不過二百文罷，倘若你到大路口的糖色店裡去。一斤，大的可以有三四「尊」，小的則二三十個不等，實在便宜極了。只要隔幾天一曬，——而且愈曬愈白，——可以保存到上墳時候，不幸而打碎一個，那就可以分吃，味道與「巧糖」一樣。

《湖雅》說「用糖作盛碟」，這便是巧糖，有紅黃白三色，狀如貝殼而平面。但是小兒們所喜歡的還有雜色「棋糖」，這不但因為好吃，好玩，實在還是因為雜得有趣，正如茶食裡邊的百子糕以及「梅什兒」（即「雜拌」）一樣。

關於范寅，我在民國四年的筆記裡曾記有一則，題曰「范嘯風」：

「范寅字嘯風，別號扁舟子，前清副榜，居會稽皇甫莊，與外祖家鄰。兒時往遊，聞其集童謠，召鄰右小兒，令競歌唱，酬以果餌，蓋時正編《越諺》也。嘗以己意造一船，仿水車法，以輪進舟，試之本二櫓可行，今須六七壯夫足踏方可，乃廢去不用。余後登其舟，則已去輪機仍用篙櫓矣。晚年老廢，輒坐灶下為家人燒火，乞糕餅炒豆為酬。蓋畸人也。《越諺》雖仍有遺漏，用字亦未盡恰當，但搜錄方言，不避粗俗，實空前之作，亦難能而可貴。往歲章太炎先生著《新方言》，蔡谷清君以一部進之，頗有所採取。《越諺》中收童謠可五十章，重要者大旨已具，且信口記述，不加改飾，至為有識，賢於呂氏之《演小兒語》遠矣。」

但是《越諺》出版於光緒壬午（一八八二），其時我尚未出世，至十歲左右，我聽見他的軼事，已在出版十二三年後了，所以上文云「正編《越諺》」不確，蓋談者係述往事，誤記為當時的事情也。

十五年八月二十七日，於北京苦雨齋。

周作人作品精選 6

自己的園地【經典新版】

作者： 周作人
發行人：陳曉林
出版所：風雲時代出版股份有限公司
地址：10576台北市民生東路五段178號7樓之3
電話：(02) 2756-0949
傳真：(02) 2765-3799
執行主編：朱墨菲
美術設計：吳宗潔
行銷企劃：林安莉
業務總監：張瑋鳳

初版日期：2020年9月
ISBN：978-986-352-865-4

風雲書網：http://www.eastbooks.com.tw
官方部落格：http://eastbooks.pixnet.net/blog
Facebook：http://www.facebook.com/h7560949
E-mail：h7560949@ms15.hinet.net
劃撥帳號：12043291
戶名：風雲時代出版股份有限公司

風雲發行所：33373桃園市龜山區公西村2鄰復興街304巷96號
電話：(03) 318-1378
傳真：(03) 318-1378
法律顧問：永然法律事務所 李永然律師
北辰著作權事務所 蕭雄淋律師

行政院新聞局局版台業字第3595號 營利事業統一編號22759935

定價：240元

國家圖書館出版品預行編目資料

自己的園地 / 周作人著. -- 初版. -- 臺北市：風雲時代,
2020.08 面； 公分. -- (周作人作品精選；6)

ISBN 978-986-352-865-4 (平裝)

855 109009473